AF495098

A Monsieur Léopold Delisle
Tamizey de Larroque

DE LA FONDATION

DE LA

SOCIÉTÉ DES BIBLIOPHILES DE GUYENNE

DE LA FONDATION

DE LA

SOCIÉTÉ DES BIBLIOPHILES

DE

GUYENNE

PAR

PHILIPPE TAMIZEY DE LARROQUE

(Extrait de la REVUE DE GASCOGNE.)

AUCH
IMPRIMERIE ET LITHOGRAPHIE FÉLIX FOIX
RUE BALGUERIE, 4

1866

DE LA FONDATION

DE LA

SOCIÉTÉ DES BIBLIOPHILES DE GUYENNE.

Une nouvelle société littéraire vient de s'établir à Bordeaux sous le titre de *Société des Bibliophiles de Guyenne*. Il y avait longtemps que je désirais une semblable création, et j'allais même exprimer ici mes vœux et mes idées à cet égard, quand tout à coup j'ai été devancé par le fait lui-même, et me suis trouvé dans la position de ce plaisant personnage qui, voyant après six mois de mariage arriver une petite fille aussi charmante que précoce, lui dit: Soyez la bienvenue, Mademoiselle, mais en vérité je ne vous attendais pas sitôt. Je ne m'applaudis pas moins de la réalisation d'un de mes rêves les plus chers, et c'est avec une bien vive et bien joyeuse sympathie que je souhaite aux fondateurs de la Société des Bibliophiles de Guyenne un rapide et complet succès.

Comment ce succès pourrait-il leur faire défaut? Tous ils ont autant de zèle que de mérite, et avec un président tel que M. Gustave Brunet (*Nil desperandum Teucro duce et auspice Teucro*), avec un vice-président tel que M. Jules Delpit, avec deux secrétaires tels que MM. Reinhold Dezeimeris et Henri Barckhausen, que ne doit-on pas attendre? L'armée, je me hâte de le dire, est digne de l'état-major, et parmi les vaillants soldats dont elle se compose, j'en retrouve plusieurs dont les glorieux services sont bien connus de tous ceux qui lisent les *Archives historiques de la Gironde*: je nommerai notamment MM. Emile Brive-Cazes, Alexis de Chasteigner, Léo Drouyn, Emile Lalanne, Henri de Marqueyssac, Théobald de Puifferat, Léo Saignat, etc. (1) Grâce à la généreuse

(1) En dehors des collaborateurs de M. J. Delpit aux *Archives historiques*, je mentionnerai le modeste et savant sous-bibliothécaire de la bibliothèque de Bordeaux, M. Rancoulet.

ardeur de tous ces travailleurs, grâce au concours dévoué qu'ils trouveront dans les travailleurs de toute la province, la Société des Bibliophiles de Guyenne n'aura, j'en suis sûr, rien à envier bientôt à la prospérité de sa sœur, la Société des Archives historiques de la Gironde.

Je ne saurais trop engager les amis des livres qui liront ces pages à s'empresser de donner raison à ma prophétie. Je détache des statuts adoptés le 7 février 1866 les articles suivants qui me paraissent devoir entraîner de bien nombreuses adhésions :

Article 1. La Société des Bibliophiles de Guyenne est instituée pour publier, traduire ou réimprimer les ouvrages inédits ou rares qui intéressent l'ancienne province de Guyenne.

Art. 2. Pour être membre de la Société il suffit de faire verser, chaque année, avant le 1er mai, la somme de vingt francs dans les mains du trésorier (1) ou du libraire de la Société (2).

Art. 3. Tous les sociétaires jouissent des mêmes avantages : voix délibérative dans les réunions et droit à un exemplaire de toutes les publications faites par la Société; l'exemplaire de chacun des sociétaires portant sur le faux titre un numéro d'ordre avec ses noms et qualités.

Art. 5. Il ne pourra être tiré de chaque publication que cent exemplaires en sus du nombre des exemplaires réservés pour les membres de la Société (3).

Art. 6. Les statuts et la liste des membres de la Société seront imprimés chaque année en tête du premier volume publié.

Art. 10. L'impression des publications est surveillée par le Comité, auquel la Société pourra adjoindre spécialement un ou plusieurs membres et même une personne étrangère à la Société (4).

(1) Le trésorier, pour l'année 1866, est M. Gustave Labat; le trésorier-adjoint est M. Emmanuel Tessandier.

(2) Le libraire de la Société, à Bordeaux, est M. P. Chaumas, cours du Chapeau-Rouge, et, à Paris, M. Aug. Aubry, rue Dauphine, 16.

(3) M. Jules Delpit, dans un chaleureux article sur la Société des Bibliophiles de Guyenne, publié dans le *Courrier de la Gironde* du 13 mars 1866, a fait remarquer combien le nombre si restreint d'exemplaires livrés au commerce donnera nécessairement de prix à des livres qui seront imprimés, du reste, avec tout le luxe typographique moderne. Sur ce point on peut se fier à la proverbiale habileté de M. Gounouilhou.

(4) Le comité, qui est élu chaque année en décembre, se compose du président, du vice-président, du secrétaire, du secrétaire-adjoint, du trésorier et du trésorier-adjoint.

Si j'avais eu l'honneur d'assister à la séance dans laquelle ont été rédigés les statuts, j'aurais proposé de modifier l'article premier. J'aurais voulu que la Société ne se bornât pas à mettre en lumière les ouvrages, inédits ou rares, qui intéressent l'ancienne province de Guyenne, mais qu'agrandissant beaucoup son rôle, elle se proposât de former une collection où auraient trouvé place, à côté de ces ouvrages, tous les vieux livres de quelque valeur, mal traduits ou mal publiés jusqu'à ce jour, qui ont eu pour auteur un Aquitain. Sans doute, ce programme aurait été immense, mais sait-on bien que le programme adopté est assez étroit? La Société des Bibliophiles de Guyenne n'est pas instituée pour quelques jours seulement : elle est destinée, dans la pensée de ses fondateurs, à vivre d'innombrables années. Or, les livres rares et inédits qui intéressent l'ancienne province de Guyenne n'abondent pas tellement que la matière puisse être considérée comme inépuisable. Si la Société ne devait se mouvoir que dans un cercle aussi rétréci, elle se condamnerait fatalement à mourir au bout de quelque temps. Ce serait un suicide par inanition. A Dieu ne plaise qu'il en soit ainsi! De même que la Constitution est perfectible, de même les statuts peuvent être révisés. Si la Société se décidait à élargir dans le sens que j'indique sa sphère d'action, combien elle rendrait aux lettres d'incomparables services! Je demande la permission d'énumérer ici les travaux que je souhaiterais lui voir entreprendre. Ces travaux sont bien considérables, sans doute, mais la Société des Bibliophiles de Guyenne possèdera assez d'hommes de talent et de savoir pour les accomplir, et je ne puis croire que mes collègues, s'obstinant à écarter tout ce qui n'est ni rare ni inédit, me disent avec le Fabuliste :

Quittez le long espoir et les vastes pensées!

Les œuvres complètes d'Ausone, très mal traduites par l'abbé Jaubert, de l'Académie des belles-lettres, sciences et arts de Bordeaux (1769, 4 vol. in-12), l'ont été très bien, au contraire, par M. Corpet (seconde série de la *Bibliothèque latine française* de Panckoucke, 1842, 2 vol. in-8°). Il serait inutile de recommencer un tel travail, mais on pourrait du moins s'efforcer de donner une version encore plus fidèle de celles des poésies d'Ausone qui intéressent plus particulièrement l'Aquitaine, comme les *Parentalia* et la *Commemoratio Professorum Burdigalensium*. Il faudrait joindre à ces pièces les lettres et les idylles qui sont relatives à la famille ou à la province natale d'Ausone. Le tout devrait être accompagné d'un commentaire abondant, pour lequel on consulterait avec grande utilité l'édition d'Elie Vinet (*Burdigalæ, apud Simonem Millangium*, in-4°, 1580), cette édition que J. A. Fabricius (*Bibliotheca latina*) a si bien fait d'appeler *luculenta*. Il serait bon de mettre à l'appendice une traduction de l'*Eucharisticon* du petit-fils d'Ausone, Paulin de Pella ou le Pénitent, qui, dans ce poème autobiographique, a laissé de si curieux détails sur Bazas et sur Bordeaux. Je voudrais aussi que l'on réunît, autour de ces divers morceaux, la *Dissertation sur la vie et les écrits d'Ausone*, lue par Belet dans une assemblée de l'Académie de Bordeaux, le 25 août 1725 (1), la lettre sur le même sujet adressée par le spirituel Meusnier de Querlon à M. Bernard, en 1736 (2), avec des notes empruntées aux critiques les plus distingués qui, de notre temps, se sont occupés du poète bordelais. Pour toute cette besogne, un homme est parfaitement prêt : c'est M. Léonce Couture, dont je vantais dans la *Revue d'Aquitaine*, il y a quelques mois, l'étude sur *Emilius Magnus Arborius et les Rhéteurs Aquitains au* IVe *siècle* (3).

(1) On retrouverait, je l'espère, cette dissertation dans les archives de l'Académie de Bordeaux. On peut la regarder comme inédite, car il n'en a paru que quelques extraits, en 1726, dans un recueil périodique publié en Hollande.

(2) L'abbé Goujet dit : « Il y a beaucoup de goût, de critique et de légèreté de style dans la lettre de M. Meusnier; et il est aisé de sentir que l'auteur a lu Ausone avec autant de réflexion que de discernement. » (*Bibliothèque française*, t. VI, p. 285). On sait que ce même Meusnier, l'ingénieux auteur des vers que l'on attribue trop généralement à Marie Stuart (*Adieu, plaisant pays de France*), a été l'éditeur du *Journal du voyage de Montaigne en Italie* (1774, 1 vol. in-4° et 3 vol. in-12).

(3) *Un Distique d'Ausone*, n° de septembre-octobre 1865, p. 139. M. Léonce Couture a bien voulu m'adresser, au sujet de la traduction de ce distique, une observa-

Il faudrait qu'un autre habile latiniste s'appliquât à faire passer en notre langue le *Panégyrique* de Théodose, prononcé dans l'automne de 391, par Latinus Pacatus Drepanius, qu'Ausone a proclamé le plus cher de ses amis (*hoc nullus mihi carior meorum*) et auquel il a même donné le doux nom de fils. Je ne sais si cet orateur était, comme Joseph Scaliger l'a pensé (1), un Nitiobrige, mais lui-même nous apprend, par une de ces poétiques paraphrases qui lui sont familières, qu'il est né « dans cette partie des Gaules où les rivages de l'Océan servent de lit au soleil, » ce qui veut dire dans l'Aquitaine. Le discours de Drepanius n'a été jusqu'à ce jour qu'assez faiblement traduit, la première fois par Florent Chrestien, le docte précepteur de Henri IV (Paris, Pierre Chevalier, 1609, in-8°), la seconde fois par Andry (Paris, 1687, in-12), la troisième fois par Coupé, dans son *Spicilége de littérature ancienne et moderne*, 1802 (2). Quant aux éditions, elles ont été bien nombreuses (3), et leur énumération par ordre chronologi-

tion d'une grande justesse; il a trouvé la césure du premier hexamètre trop effacée. Profitant de son amicale critique, je corrige ainsi le distique :

Tu n'es, pauvre Didon, pas heureuse en maris :
L'un meurt, tu pars; l'autre part, tu péris.

(1) *Scaligerana*. Le grand érudit cherche avec un peu trop de zèle à grossir le nombre des Nitiobriges célèbres. Ne donne-t-il pas à Agen (*ibidem*) saint Paulin, l'évêque de Nole, qui est incontestablement bordelais? Scaliger se montre aussi bien complaisant pour son compatriote, quand, parlant du *Panégyrique* de Théodose, il s'écrie : « Il est si beau ! »

(2) Les Bénédictins, dans le tome I de l'*Histoire littéraire de la France*, et l'abbé Guillon, dans le tome VI de la *Bibliothèque choisie des Pères de l'Eglise*, en ont traduit quelques passages. L'abbé Guillon déclare « admirable » le morceau sur la tyrannie de Maxime (p. 44-42), et ne trouve pas moins d'éloquente énergie dans la description de la défaite du tyran (p. 48-50). M. J. J. Ampère (*Histoire littéraire de la France avant le* XIIe *siècle*) a cité lui aussi le récit de la déroute et de la mort de Maxime, et, de plus, la véhémente protestation de l'orateur contre la sanglante persécution des Priscillianistes.

(3) Voir le *Manuel du Libraire, Panegyrici veteres*. L'édition de Londres, en 5 vol. in-8°, reproduit les annotations de Jacques de La Baune, de Schwartz, de Jæger, de Arntzenius, etc. M. Péricaud (*Notes et documents pour servir à l'histoire de Lyon*) signale un volume in-32, publié à Lyon en 1662, qui contient, à côté du *Panégyrique* de Théodose, celui de Louis XIII par le P. Petiot. Ailleurs, je trouve l'indication de deux autres éditions que ne cite point M. J. C. Brunet, celle de Paris, 1570, in-4°, avec les notes de Fr. Baudoin, et celle de Stockholm, 1651, in-8°, avec les notes de Jean Scheffer.

que fournirait le sujet d'une intéressante notice, surtout si l'on ajoutait aux renseignements bibliographiques des remarques critiques, et si l'on analysait les divers travaux dont les *Panégyriques anciens* ont été l'objet de la part de Walch (Iéna, 1721, in-4°), Mœrlin (Nuremberg, 1738, in-4°), Heyne (*Opuscula academica*, t. VI), etc. Il ne faudrait pas oublier de ranger, parmi les *Testimonia*, les trois lettres adressées par Symmaque à notre Drepanius, et celle par laquelle l'empereur Théodose demande avec tant d'amabilité au vieux rhéteur, qu'il traite de père, une lecture de ses ouvrages.

Je réclame aussi la traduction des lettres de saint Paulin, l'évêque de Nole, lettres dont quelques-unes sont écrites à des Aquitains tels que Sulpice-Sévère et Delphin, l'évêque de Bordeaux qui, en 389, baptisa le disciple d'Ausone. Ces lettres, selon un judicieux critique, M. Léo Joubert, « se recommandent par le style et plus encore par les sentiments et les idées. » Il y aurait à joindre à la correspondance de l'évêque de Nole la traduction des vers à Ausone et celle du poème découvert par l'illustre cardinal Maï (*de domesticis suis calamitatibus*), si toutefois l'authenticité de ce poème pouvait être sûrement prouvée. Pour les notes biographiques et autres, on puiserait à pleines mains dans l'excellente édition de Lebrun (1685, in-4°), et dans les dissertations de ces merveilleux érudits qui s'appellent Muratori, Tillemont, Papebroch. Il est bien entendu que l'on ne négligerait pas non plus les récents travaux de l'ancien doyen de la Faculté des lettres de Bordeaux, M. Rabanis (*Saint Paulin de Nole, études historiques et littéraires*, 1840, in-8°), de l'ancien curé de Sainte-Eulalie, M. l'abbé Souiry (*Etudes historiques sur la vie et les écrits de saint Paulin*, Bordeaux, 1853, 2 vol. in-8°), et de l'Allemand A. Buse (*Saint Paulin et son temps*, 1856, in-18, ouvrage mis en français par M. L. Dancoisne, Paris, 1858.)

Le IVe siècle nous offrirait encore le traité composé par saint Phébade, évêque d'Agen, contre l'arianisme, au sujet de la seconde formule de foi rédigée dans le concile de Sirmium. Ce traité est en grec, mais les hellénistes, Dieu merci! ne manquent pas à la Guyenne, et sans parler du très savant doyen de la Faculté des lettres de Bordeaux, qui a reproduit naguère avec tant de bonheur de magnifiques fragments des poésies de saint Ephrem (1), nous trouverions aisément parmi nous un digne interprète de saint Phébade. Je ne crois pas, du reste, que le *Traité de la foi orthodoxe contre les Ariens* ait jamais été traduit en français, et il est bien temps que cet honneur soit rendu au discours du courageux ami de saint Hilaire de Poitiers et de saint Ambroise de Milan, discours dont le procureur général Pierre Pithou dit, le 26 mai 1583, devant la chambre de justice séant à Agen, « qu'il surmontoit en grandeur de sens la briefveté des paroles, et qu'on pouvoit l'appeler un des plus beaux et resolus traictez de tous ceux qui nous restent des anciens catholiques contre l'hérésie d'Arius (*Petri Pithœi opera*, Parisiis, in-4°, 1609, p. 688) (2). »

Les œuvres de Sulpice Sévère ont été souvent traduites (par J. Filleau, par L. Giry, par l'abbé Paul, et, en dernier lieu, par M. Herbert, 1847, 2e série de la *Bibliothèque latine française* de Panckoucke) (3). Aucune de ces traductions ne rend superflue

(1) J'en ai parlé dans la *Revue d'Aquitaine* de décembre 1864 et janvier 1865, p. 322.

(2) Saint Phébade n'a d'article ni dans la *Nouvelle Biographie générale*, ni dans le *Manuel du Libraire*. On trouvera d'utiles indications dans le tome VI (p. 323-329) de la *Bibliothèque choisie des Pères de l'Eglise*. Le P. Labbe (*Bibliothèque des Auteurs ecclésiastiques*) s'est trompé quand il a prétendu que Pierre Pithou a, le premier, publié le traité de saint Phébade en 1586, et Ellies Dupin a commis la même erreur (*Nouvelle Bibliothèque des Auteurs ecclésiastiques*). Ce fut Théodore de Bèze qui en donna la première édition dans un recueil imprimé par Robert Estienne, en 1570, in-8°. Une deuxième édition parut par les soins de Marguerin de la Bigne dans le tome V de la *Bibliotheca Patrum*, en 1575. L'édition que Labbe et Dupin ont prise pour l'édition *princeps* n'est donc que la troisième. La quatrième édition est celle de Gaspard Barthius, 1623, dans laquelle abondent des notes excellentes.

(3) Les sept lettres attribuées à Sulpice Sévère ont été traduites là pour la première fois par M. Riton, professeur au collége de Bordeaux. M. Herbert, dans sa très insuffisante notice sur Sulpice Sévère, transforme Baluze en un bénédictin, et dit deux fois *dom* Baluze. L'auteur de l'article *Bordeaux*, dans le *Dictionnaire de la Conversation*, cite *dom* Vinet! Ceci me rappelle encore une distraction toute semblable du grand érudit Daunou qui, dans son *Cours d'Etudes historiques* (t. I, p. 453), a métamorphosé Moréri en un moine de l'ordre de Saint-Benoît. M. Herbert n'est pas plus exact quand il place *Eluso* entre Toulouse et Carcassonne. Il y

une nouvelle tentative. Je n'ignore pas que l'interprétation des ouvrages du Salluste chrétien (1) présente des difficultés particulières qui proviennent surtout de son style concis et serré (2), mais il ne nous est pas interdit d'espérer que nous en viendrions à bout. On devrait commencer par réviser le mieux possible le texte de l'*Histoire sacrée*, de la *Vie de saint Martin* et des *Dialogues* (3). Pour le premier de ces ouvrages, on serait puissamment aidé, en ce travail réparateur, par un manuscrit de la bibliothèque de Strasbourg qui a été mentionné dans un des premiers volumes de la *Bibliothèque de l'Ecole des Chartes*. Du reste, tout serait épineux en cette entreprise; car, quoique de bien doctes commentateurs aient éclairci un certain nombre de points de la vie et des ouvrages de Sulpice Sévère (voir surtout les éditions d'Amsterdam, 1665; de Vérone, 1741-54, malheureusement inachevée; de Leipsick, 1709), il reste encore bon nombre d'obscurités dans la biographie comme dans les livres de celui en qui Joseph Scaliger saluait (*in Prolegomenis ad libros de emenda-*

aura bientôt 250 ans que Drusius (en 1607) a reconnu dans *Eluso* la ville de Lauzun, qui appartient à l'arrondissement de Marmande.

(1) J'ai rappelé, dans un article sur l'*Histoire religieuse de la Bigorre*, par M. Bascle de Lagrèze (*Revue d'Aquitaine* de mars-avril 1865, p. 399), que ce glorieux surnom a été donné à Sulpice Sévère par Gaspard Barthius (*Adversaria*, l. XLIX, cap. IV. Francfort, 1624, in-f°). J'aurais dû ajouter que déjà le commentateur Charles Sigonius avait employé, au sujet du latin de Sulpice Sévère, l'expression : *Sallustianam dictionem*. Voir *Authorum aliquot testimonia, qui Sulpici Severi meminerunt*, en tête de l'édition de Georges Hornius, 1665. Dans ces *testimonia*, Scaliger et Gérard Vossius font du prêtre aquitain, que saint Augustin appelle *Vir doctrina et sapientia pollens*, un enfant de l'Agenais. Je me plais à croire qu'ils ont raison, mais cette origine n'est pas aussi certaine que l'assure Scaliger en ces termes : « *Cum tamen ipse Nitiobrigem sese manifesto prodat.* » Il y aurait à examiner d'une façon définitive tous les arguments pour et contre. J'avoue que je suis désolé de trouver parmi les adversaires de Scaliger et de Vossius un homme aussi savant que le P. Jérôme de Prato, auquel on doit la remarquable édition de Vérone.

(2) J'indiquerai une dissertation spéciale bien peu connue : *De Stilo Sulpicii Severi* (Hall, 1713, in-4°), par le professeur allemand Breithaupt.

(3) L'ex-évêque de Marseille, Mgr Cruice, dans son édition de l'*Historia Sacra*, qui a paru vers 1850, a corrigé quelques-unes des fautes que ses devanciers avaient laissé subsister. Dans l'édition des œuvres de Sulpice Sévère, donnée par l'abbé Migne, et qui forme le 20e volume de la *Patrologie* (1847), on a reproduit l'édition de Gallandi, y compris les prolégomènes. Gallandi lui-même avait reproduit le travail de l'oratorien J. de Prato.

tione temporum) le plus pur des écrivains ecclésiastiques, *Ecclesiasticorum purissimus auctor*.

M. Gustave Brunet, qui s'est déjà occupé dans les *Actes* de l'Académie de Bordeaux du curieux recueil des recettes de Marcellus Empiricus, pourrait mieux que personne nous offrir une édition, avec traduction, du *de Medicamentis empiricis, physicis ac rationalibus*. M. Brunet, qui sait si bien tant de choses, grouperait autour du rare traité (1) de son compatriote toutes sortes de précieuses notes.

Quoique le *Commonitorium* de saint Orens ait été traduit par M. Z. Collombet (Lyon 1839), nul ne regretterait de le voir traduit de nouveau avec plus de soin, et surtout d'après un meilleur texte (2). On retrouverait peut-être, en cherchant bien, quelques-unes des vingt-quatre petites pièces de poésie qui avaient été composées par l'évêque d'Auch, si l'on en croit le manuscrit de la Collégiale de Saint-Martin de Tours dont s'est servi dom Martène pour publier le *Commonitorium*, petites pièces dont deux seulement ont été recueillies par le zélé bénédictin. Il faudrait placer en tête du poème la *Vie du glorieux saint Orens, evesque d'Auch, composée sur les Mémoires tirez des anciennes légendes et des plus fidèles historiens* (Tolose, sans date). On annoterait cette *Vie* en tenant compte de tous les travaux biographiques et littéraires dont le fils du gouverneur d'Urgel a été l'objet depuis que le jésuite Martin Delrio découvrit dans l'abbaye d'Anchin, à la fin du XVIe siècle, le premier chant du *Commonitorium*. On emprunterait, en outre, plus d'une page intéressante à un ouvrage

(1) Quoique rare, et quoique de plus très important au point de vue philologique, le *de Medicamentis* n'est pas mentionné dans le *Manuel du Libraire*. Je relèverai ici une inadvertance du rédacteur de l'article *Marcellus Empiricus* dans la *Nouvelle Biographie Générale* : ce rédacteur déclare tout d'abord que Marcellus était un médecin latin, et, un peu plus loin, il ajoute : « Il n'est pas sûr qu'il fût médecin. »

(2) M. Bascle de Lagrèze nous apprend (p. 179 de l'*Histoire religieuse de la Bigorre*) que M. Vincent de Bataille, lauréat des Jeux Floraux et de plusieurs académies, a commencé une traduction en vers des œuvres de saint Orens, et il en cite deux morceaux qui prouvent une fois de plus que toute traduction en vers est forcément infidèle.

très rare, écrit en espagnol, et consacré au récit de la translation, en 1609, des reliques de saint Orens accordées par la ville d'Auch à sa ville natale, Huesca, en Aragon (1).

Les œuvres de saint Prosper d'Aquitaine sont trop considérables pour être toutes reproduites en notre langue par les soins de la Société. Dans l'in-folio de Mangeant (Paris, 1711) (2), on laisserait les traités théologiques et les sentences extraites de saint Augustin, et on prendrait seulement le *Carmen de ingratis* et la *Chronique* qui a rendu le nom de saint Prosper si célèbre, et qui n'a pas, que je sache, été encore traduite en français. De cette chronique si importante, on rapprocherait les renseignements fournis par les autres chroniqueurs, renseignements qui tantôt confirmeraient, tantôt rectifieraient le témoignage de saint Prosper, et tantôt enfin combleraient les lacunes de son ouvrage. En ce qui regarde la biographie de l'annaliste, on n'aurait guère qu'à traduire l'excellente notice de J. Le Brun des Marettes, qui fait partie de l'in-folio de 1711 (3).

(1) Voir sur ce livre l'*Histoire religieuse de la Bigorre*, p. 186 et suivantes.

(2) M. H. Fisquet, dans la *Nouvelle Biographie générale*, dit, copiant bien imprudemment la *Biographie Universelle*, que les meilleures éditions des œuvres de saint Prosper sont celle de Mangeant et celle de Foggini, Rome, 1752, in-f°. Il n'y a là que trois erreurs : Foggini n'a jamais publié les œuvres de saint Prosper, il a seulement donné ses écrits sur la grâce, dans une collection théologique spéciale. Le volume de cette collection qui contient ces écrits, et qui est le 3e, parut non en 1752 mais en 1754, non in-f° mais in-8°.

(3) Je ne parle pas ici d'Eutrope, pas plus que je n'ai parlé de Fronton. Ce dernier, dont l'abbé Monlezun a bien envie de faire un Gascon, alors que d'autres ont voulu en faire un Périgourdin, et d'autres encore un Auvergnat, ce dernier, dis-je, était un Africain, un enfant de Cirta. Ne regrettons pas trop, du reste, ce rhéteur dont les écrits insignifiants offrent tout le contraire de « ce modèle du style mâle et austère » que le bon abbé Monlezun daignait y voir (*Histoire de la Gascogne*, tome I, page 66). Quant à Eutrope, que l'on a cru, je ne sais pourquoi, originaire de Bazas, rien, hélas! ne nous donne le droit de le regarder comme nôtre. Il faut dire avec Chaudon : « On ignore d'où il était, et qui il était. » L'auteur du *Nouveau Dictionnaire historique* ajoute, il est vrai : « On conjecture qu'il avait vu le jour dans l'Aquitaine. » Mais Eutrope était-il même Gaulois? Dom Rivet, qui a répondu affirmativement, n'a produit aucun argument sérieux, pas même quand il s'est appuyé sur les possessions aux environs de la ville d'Auch de l'abréviateur de l'histoire romaine. Tout me semble favoriser, au contraire, l'opinion du docte Elie Vinet qui a reconnu dans le fonctionnaire byzantin un homme d'origine grecque, comme son nom l'indique déjà. (Voir l'édition du *Breviarium Historiæ romanæ* donnée par lui, d'après un manuscrit de Bordeaux, en 1553, à Poitiers, édition non signalée par le *Manuel du Libraire*.) Dans cette hypothèse, Eutrope aurait écrit son livre en latin

De saint Prosper d'Aquitaine, nous passerions, en franchissant plusieurs siècles, à Aimoin, qui, d'après une judicieuse observation de M. Léo Drouyn, ne serait pas, comme on l'a souvent dit, natif de Villefranche, en Périgord, mais bien de Francs, canton de Lussac, arrondissement de Libourne (1). Je n'ai pas besoin de signaler ici tout l'intérêt que présente la chronique de l'abbé de Fleury-sur-Loire. Sans doute elle est erronée en quelques endroits, mais combien ces imperfections, inévitables au xe siècle, sont rachetées par de sûrs et précieux renseignements !

Redressée et éclaircie par de nombreuses notes que l'on tirerait surtout de deux ouvrages qui font honneur à la vieille érudition française, les *Gesta francorum* d'Adrien de Valois (Paris, 3 vol. in-f°, 1646-1658) et les *Annales ecclesiastici Francorum* (*ab anno Christi 417 ad annum* 845) du P. Lecointe (Paris, 8 vol. in-f°, 1665-1683), et aussi des diverses éditions des *OEuvres* de Grégoire de Tours, principalement de l'édition de M. Henri Bordier, la *Chronique* d'Aimoin, traduite d'après la leçon de dom Bouquet, constituerait un des plus précieux volumes de la collection (2).

On ferait bien aussi de traduire, d'après le texte du recueil des *Historiens de France*, la chronique de Geoffroy, prieur du Vigeois, né à Clermont d'Excideuil en Périgord, au milieu du xiie siècle. Il y a là, comme l'a remarqué M. Léon Dessalles, l'archiviste du département de la Dordogne, des détails historiques que l'on chercherait vainement ailleurs. Qui mieux que le savant M. Dessalles pourrait traduire et annoter une chronique dans laquelle il est si souvent question du Périgord ?

pour l'empereur Valens, qui, comme le personnage comique, pouvait s'écrier : *Je n'entends pas le grec.*

(1) Voir à ce sujet mon compte rendu de la *Guienne militaire* dans la *Revue d'Aquitaine* de mai 1865. C'est d'après un passage significatif de la *Vie de saint Abbon*, par Aimoin, que le savant archéologue a proposé de mettre à Francs le berceau du chroniqueur.

(2) La *Vie d'Abbon*, par Aimoin, ne devrait pas être omise. M. de Certain, dans son édition des *Miracles de saint Benoît*, 1858, une des plus estimables publications de la Société de l'Histoire de France, appelle cette biographie « un excellent et curieux opuscule. » M. de Certain a très bien apprécié Aimoin (page 18 et suiv. de son *Introduction*), ajoutant toutefois : « Ce n'est pas sans regret que nous passons aussi rapidement sur cet auteur qui mériterait une étude plus approfondie. »

M. Léonce Couture, dans la remarquable *Esquisse d'une histoire littéraire de la Gascogne* dont il a enrichi le *Bulletin du Comité d'histoire et d'archéologie de la province ecclésiastique d'Auch*, indique, pour la période comprise entre l'an 1000 et la fin du XIIIe siècle, des lettres d'Amat, évêque d'Oloron, depuis archevêque de Bordeaux, qui eut tant d'influence en nos contrées comme légat de Grégoire VII; une lettre de Pierre de Librana, gascon de naissance, nommé évêque de Saragosse par Alphonse I qu'il accompagna en ses expéditions contre les Maures, lettre qui contient le récit de la prise de sa ville par les Musulmans (1); une histoire de saint Bertrand, évêque de Comminges, écrite à la prière du neveu de ce saint, Guillaume d'Andozille, archevêque d'Auch, par le notaire apostolique Vital, originaire de notre province, histoire que l'on traduirait d'après le texte des nouveaux Bollandistes, en leur empruntant leurs meilleures notes, qu'il faudrait compléter par des notes tirées des plus récents travaux biographiques dont saint Bertrand a été l'objet en Gascogne; la chronique de l'église de Bazas par Garsias du Benquet, chanoine et depuis évêque de cette ville, imprimée à Bordeaux en 1530 (2); enfin, les œuvres de Bernard de Morlaas, moine du XIIe siècle, auteur du poème *de contemptu mundi* et de deux traités en prose sur l'*Econome infidèle* et sur l'*Instruction du prêtre*. « Il serait bien à désirer, dit l'habile critique (t. I, p. 164), qu'on fît une édition de ces trois écrits déjà publiés, en y joignant les deux poèmes inédits *de Mundo* et *de Incarnatione*, s'ils existent encore, ainsi que

(1) Ces lettres et quelques autres pourraient former un volume de mélanges en prose spécialement consacré au moyen âge.

(2) On pourrait faire suivre la traduction de cette chronique de celle de la chronique de Bernard de la Mote, petit-neveu de Clément V, laquelle s'étend de 1299 à 1355, et dont Baluze s'est fort servi dans ses *Vitæ paparum avenionensium* (1693, 2 vol. in-4°). M. L. Couture (*Bulletin d'Auch*, t. 2, p. 514) dit que, pour reconstruire en entier ce dernier ouvrage, il faudrait l'extraire pièce à pièce de la chronique composite de G. du Puy. Un jeune érudit bien distingué, qui est un enfant de Bazas, M. Gustave Saige, archiviste aux archives de l'empire, accepterait avec bonheur, j'en suis sûr, un semblable travail. Que de curieux documents il saurait trouver pour les annexer à ces chroniques! Et combien le monument qu'il élèverait ainsi en l'honneur de Bazas nous consolerait des pauvretés de la prétendue histoire de cette ville par l'abbé O'Reilly!

la longue prose, si pieuse et si chantante, « *Omni die, Dic Mariæ,* » que les Bénédictins ont cru pouvoir lui attribuer (1). »

Un volume devrait être destiné à recueillir les chants des troubadours de la Guyenne. Là, on trouverait, avec tout ce qui nous reste des poètes énumérés par M. Léonce Couture, et qui sont surtout gascons, Cercamons, Marcabrun, Pierre de Valières, Arnaud-Guillaume de Marsan, Giraud de Calenson, Bernard de la Barte, Pierre de Gavaret, Arnaud de Comminges, Bernard-Arnaud d'Armagnac, Roger Bernard III, comte de Foix, Gaubert Amiel, tout ce qui nous reste des poètes du Bordelais et du Périgord, tels que Guillaume IX, Geoffroi Rudel, Bertrand de Born, Guiraut de Borneil, Arnaud de Marueil, Arnaud Daniel, Elias de Barjols, etc. Rochegude, en son *Parnasse occitanien*, et Raynouard, en son *Choix des poésies originales des Troubadours*, ont publié une certaine partie des chants de nos poètes du XIIe et du XIIIe siècle; un philologue allemand, aussi savant que zélé, M. Bartsch, a publié beaucoup plus complètement ces mêmes chants. Mais on glanerait encore quelques pièces inédites, soit à Paris (Bibliothèque impériale), soit à Rome (Bibliothèque du Vatican), soit à Florence (Bibliothèque laurentienne), et, en joignant ce qui est inédit à tout ce qui a déjà paru, nous formerions une bien riche et bien charmante anthologie.

Ne voudrait-on pas choisir, parmi les rares ouvrages du XIVe

(1) M. L. Couture, dont l'activité égale l'érudition et le talent, pourrait mettre en lumière la plupart des ouvrages qu'il apprécie si bien. Il offre, en outre, de se faire l'éditeur de la *Description du diocèse d'Aire* par Duval, géographe du roi (petit bouquin inconnu du P. Lelong), des *Additions et Corrections* manuscrites de l'abbé de Vergès sur l'*Histoire des grands Officiers de la Couronne* du P. Anselme, presque toutes relatives aux maisons historiques de Guienne, des *Obres gascounes* de Baron, etc. Les poésies patoises de Baron étant admises, il ne faudrait repousser ni celles du Lectourois Pierre de Garros, ni celles de l'Agenais Cortète de Prades, ni celles de l'Auscitain G. Bedout dont *lou Parterre Gascoun* a été publié à Bordeaux en 1642, in-4°. Un choix des poésies de ces précurseurs de Jasmin suffirait peut-être C'est en pareil cas, ce me semble, que

Loin d'épuiser une matière,
Il n'en faut prendre que la fleur.

siècle qui appartiennent à la Guyenne (1), le fameux livre de Gaston Phœbus pour le réimprimer plus correctement que jamais? Une édition récente en a été donnée, mais elle s'adresse beaucoup plus aux chasseurs qu'aux bibliophiles (2). Il faudrait que, précédés d'une biographie enfin bien faite du vicomte de Béarn et suivis de ses poésies, les *Deduiz de la chasse des bestes sauvaiges et des oyseaux de proye* parussent de façon à ne plus rien laisser à désirer. Les manuscrits devraient tous être consultés, tant ceux de la Bibliothèque de la rue de Richelieu que celui de la Bibliothèque royale de Copenhague, et que ceux qui ornent les collections particulières. Au nombre de ces derniers, je suis heureux de pouvoir en signaler un de toute beauté, qui est entre les mains d'un amateur dont le goût n'est pas moins exquis que la bienveillance, M. de Gontaut-Biron, marquis de Saint-Blancard (3).

Le XVe siècle n'est guère plus fécond pour nous que le XIVe : De 1400 à 1500, je trouve seulement la relation du voyage à Bordeaux de l'évêque Beckington, en 1443 (4), et les deux opus-

(1) Subsiste-t-il quelque chose de ce Jean du Bois, dit de Bosco, dont la Croix du Maine parle ainsi : « Prêtre et secrétaire en l'église parochiale de Saint-Michel à Bordeaux, l'an 1478. Il a mis par écrit quelques siennes révélations touchant sainte Suzanne... Voyez de lui fort amplement la première édition des *Gestes des Tolosains*, in-4°, l'an 1517.» — On a publié, de nos jours, en Angleterre, un poème français du XIVe siècle en l'honneur du prince de Galles, poème dont on pourrait au moins extraire ce qui est relatif à l'expédition de Guyenne.

J'apprends, après l'impression de cette note, que la Société doit publier incessamment tout ce poème, composé d'environ 1,000 vers.

(2) *La Chasse de Gaston Phœbus, comte de Foix*, envoyée par lui à Philippe de France, duc de Bourgogne, collationnée sur un manuscrit ayant appartenu à Jean Ier de Foix, avec des notes et la vie de Gaston Phœbus, par Joseph Lavallée. Paris, 1854, gr. in-8°, édition publiée aux frais et par les soins de M. Léon Bertrand, directeur du *Journal des Chasseurs*.

(3) Je recommande un autre livre de chasse, presque introuvable : *La Fauconnerie*, de François de Sainte-Aulaire, sieur de la Renodie en Perigort, divisée en huit parties, avec un bref discours sur la louange de la chasse et exhortation aux chasseurs, dédiée à Mgr de Luynes. Paris, chez Robert Fouet, 1619, 1 vol. in-4°. Le *Manuel du Libraire* ne mentionne point ce vieux livre que tout rend digne de réimpression.

(4) Ce voyage, écrit en français, a paru traduit en anglais, en 1828, par les soins de M. Harris Nicholas. C'est d'après cette traduction que M. Gustave Brunet a publié, il y a une trentaine d'années, le *Journal du voyage d'un ambassadeur anglais à Bordeaux en* 1443. Le texte original est conservé à Oxford. Un des premiers devoirs de la Société, aussitôt qu'elle sera un peu riche, sera de faire transcrire ce

cules de Nompar II de Caumont : *le livre Caumont, où sont contenus les dits et enseignements du sieur de Caumont, composé pour ses enfans l'an mil quatre cent* XVI, publié par le docteur Galy, Paris, Techener, 1845, in-8°, et le *Voyaige d'Oultremer en Jherusalem*, par le seigneur de Caumont, l'an MCCCCXVIII, publié pour la première fois, d'après le manuscrit du Musée britannique, par le marquis de La Grange, membre de l'Institut. Paris, Aubry, 1858, in-8°. Ces deux opuscules, tirés à un petit nombre d'exemplaires, sont devenus assez rares : le docteur Galy et le marquis de La Grange ne refuseraient pas sans doute de donner de l'un et de l'autre, en un même volume, une nouvelle édition.

De combien de publications, au contraire, le XVIe siècle ne nous fournirait-il pas les matériaux ! A l'embarras de la misère succèderait brusquement pour la Société des bibliophiles de Guyenne l'embarras des richesses. Il est vrai que déjà quelques érudits ont pris les devants : ainsi, l'on n'aurait à s'occuper ni de Blaise de Monluc, dont les *Commentaires* et la *Correspondance* ont trouvé en M. de Ruble le plus intelligent et le plus consciencieux éditeur (1), ni des *OEuvres complètes* de Pierre de Bourdeilles, seigneur de Brantôme, si soigneusement publiées par M. Ludovic Lalanne (2), ni des *OEuvres* de Bernard Palissy, dont M. Anatole de Montaiglon prépare avec son habileté accoutumée une définitive édition (3), ni enfin des *OEuvres* de Michel de Montaigne,

texte, que M. Brunet entourerait de notes comme il sait si bien les rédiger. M. H. Ribadieu, dans son *Histoire de la conquête de la Guyenne par les Français*, 1866, a emprunté d'importants et curieux renseignements au *Journal of bishop Beckington*.

(1) J'ai beaucoup, mais non trop, loué le travail de M. de Ruble dans la *Revue d'Aquitaine* de juillet-août 1865. M. Léonce Couture m'avait devancé dans la *Revue de Gascogne* de juin 1865. J'ai vainement cherché dans les journaux et dans les recueils périodiques de Paris une appréciation du premier volume de la nouvelle édition des *Commentaires*, et j'ai le regret de déclarer que M. L. Couture et moi nous avons été les seuls en France, dans la presse, à rendre justice au mérite de notre jeune compatriote.

(2) Le deuxième volume a paru il y a quelques mois. L'intrépide érudit nous donnera ainsi un volume par an. En 1872 environ, tout sera terminé.

(3) L'édition de M. Paul-Antoine Cap (1 vol. in-18, 1844) n'est pas aussi conforme aux textes originaux imprimés du vivant de l'auteur qu'il a bien voulu le dire. M. Charles Read en a fourni la preuve dans le *Bulletin de la Société de l'Histoire*

que peut-être M. le docteur Payen consentirait à faire entrer dans notre collection dont elles seraient sans contredit le plus admirable joyau.

On n'attend pas de moi que je désigne ici toutes les productions du XVIe siècle que nous aurions à imprimer ou à réimprimer. J'indiquerai en courant :

Le *Traicté pour l'instruction des Roys* composé, sous le règne de Louis XII, par l'évêque de Condom, Jean Marre, manuscrit dont la Bibliothèque impériale possède deux magnifiques exemplaires sous les numéros 1219 et 1220 du Fonds français (1);

Trois ouvrages du bordelais Lancelot de Carles : *Epistre contenant le procès criminel faict à l'encontre de la Royne Anne Boullant d'Angleterre* (Lyon, 1545, petit in-8°); *Recueil de divers propos que dit et teint feu très illustre prince, messire Françoys de Lorraine, duc de Guyse, prononcez par luy, devant son trepas, à Madame la ducesse sa femme* (Paris, 1543, petit in-8°) (2); la traduction française de l'*Eloge du roi Henri II*, composé en latin par Pierre de Paschal (Paris, 1560, in-8° (3);

du protestantisme français, t. I, 1853, et il n'a eu que trop le droit de dire : « Le texte est très incorrect, beaucoup de mots sont estropiés et dénaturent le sens de l'auteur, des membres de phrase entiers ont été omis. »

(1) Les deux exemplaires de ce traité, d'abord en français, puis en latin, sont ornés d'une miniature qui représente l'évêque de Condom offrant son ouvrage au roi. Une note du ms. 1219 (*olim* 7422) nous apprend que ce traité est de 1509, car, d'après cette note, il est dit à la pénultième feuille que les Turcs ont pris Constantinople il y a 56 ans (1452). Le sujet traité par l'évêque de Condom a été particulièrement cher aux Aquitains : Léon Bacoue (de Casteljaloux), évêque de Glandève, puis de Pamiers, publia, en 1670, à Toulouse, in-4°, un poëme intitulé : *Delphinus, seu de prima principis institutione*. Déjà Jean d'Espagnet, président au parlement de Bordeaux, avait ajouté à son édition du *Rozier des Guerres* (Paris, 1616) un *Traité de l'instruction du jeune prince*; déjà Pierre de Lancre, conseiller au même parlement, avait publié (Paris, 1617, in-4°) le *Livre des Princes*; déjà, enfin, un Normand, dont Périgueux devint la patrie d'adoption, le chanoine Jean Talpin, avait mis au jour, en 1567 : *Institution d'un prince chrétien* (Paris, in-8°).

(2) Comparer cette 1re édition avec l'édition retouchée qui parut à Paris, dans la même année, sous un titre différent, et au sujet de laquelle le *Manuel du Libraire* renvoie à la *Bibliothèque historique de la France* : *Relation de la blessure et de la mort du duc de Guyse, et lettres de l'evesque de Riez au roy, contenant les actions et propos de M. de Guyse, depuis sa blessure jusqu'à son trepas.*

(3) Sur ce Pierre de Paschal, voir l'article de du Verdier (*Bibliothèque*) qui est très curieux, et ne pas négliger les notes de B. de La Monnoye et de Rigoley de Juvigny.

La *Vie de Nicolas Boyer*, président au parlement de Bordeaux, par Jean d'Alesme, conseiller au même parlement, vie jointe, en 1547, à l'édition des *Decisiones in senatu Burdigalensium discussæ ac promulgatæ*, Lyon ;

Les meilleures *Nouvelles* de l'évêque d'Agen, Matteo Bandello, que pourrait si bien traduire, s'il le voulait, un homme qui ne connaît pas moins toutes les finesses de la langue italienne que toutes celles de la langue française, et qui a lui-même été, soit en vers, soit en prose, un conteur si spirituel et si charmant, M. Léon de Cazenove de Pradines (1);

Les *Sermons de Jean de Monluc, evesque de Valence et de Dye, sur certains points de la religion et sur les commandements de Dieu* (Paris, 1559, petit in-8°), et *sur les articles de la foy, et sur l'oraison dominicale* (Paris, 1561, in-8°), sermons rares et recherchés que l'on devrait bien faire suivre des harangues politiques de l'éloquent ambassadeur;

La Harangue pour tout le peuple de la France au roy très chrestien Charles neufviesme, tenant ses grands Estats en la ville d'Orléans, le 13 janvier 1560, faicte par M. Lange de Lupe, advocat pour le roy en la ville de Bordeaulx (sans lieu ni date), petit in-8°, pièce qui a été vendue, selon le *Manuel du Libraire*, 17 fr. 50 cent.;

Trois ouvrages, inconnus de M. J.-C. Brunet, publiés à Bordeaux en 1563, par Geoffroy de Malvin, seigneur de Cessac, conseiller au parlement de Bordeaux: *La France gémissante; de Priscâ francorum origine; de Gallorum rebus gestis a Phara-*

La Monnoye fait de ce Paschal « un gascon de Sauveterre, dans le Bazadois. » Nul ne fut jamais plus gascon que celui-là. M. Léonce Couture (*Bulletin d'Auch*, t. II, p. 575) a beaucoup vanté l'éloquence de la harangue latine adressée aux Vénitiens par ce personnage, à l'occasion de la mort de Jean de Mauléon, neveu de l'évêque de Comminges, assassiné à Padoue, à l'âge de 21 ans, par des écoliers. Cette harangue, très bien traduite par Pierre de Mauléon-d'Urban (Paris, Mich. Vascosan, 1549), mériterait d'être réimprimée.

(1) Voir sur Bandello une notice parfaite dans le tome I (p. 155 et *seq*) du livre de Quétif et Echard: *Scriptores ordinis prædicatorum recensiti*, etc., 1719, in-f°. Il n'y aurait qu'à y ajouter, d'après Ginguené, et surtout d'après les plus récents critiques italiens, quelques détails profanes.

mundo usque ad initia Caroli IX brevis descriptio; ouvrages dont le premier serait reproduit en entier, des extraits et analyses des deux autres pouvant paraître suffisants (1);

Le *Discours sur les misères de ce temps, dédié à Mme de Saint-Geniès, dame d'honneur de Jeanne, illustre royne de Navarre*, par André Ducros (in-4°, 1569, Bergerac);

Les *Emblèmes chrétiens* de Georgette de Montenay, damoiselle servante de la royne de Navarre (2), emblèmes que la Croix du Maine appelle « un fort beau livre en vers françois, » Lyon, 1571;

Histoire tragique et miraculeuse d'un vol et assassinat commis au pays de Berry en la personne de M. Martial Deschamps, médecin de l'Université de Paris et de la ville de Bordeaux, escripte par lui-mesme, avec l'arrest du parlement de Paris sur ce intervenu; plus contemplation chrestienne contre ceulx qui nient la Providence de Dieu. (Paris, 1576, in-8°) (3);

La *Plainte de la Guyenne au roy*, petit poème presque introuvable (4), imprimé, sans nom d'auteur, par Millanges, en 1577, in-12;

La *Première partie des sonnets exotériques de G. M. D. J.* (Gé-

(1) Geoffroy de Malvin était le fils de Charles de Malvin, une des lumières du parlement de Bordeaux, et il fut le grand-père du premier président Arnaud de Pontac.

(2) Une splendide publication serait celle des lettres pour la plupart inédites de Jeanne d'Albret. J'en ai retrouvé un grand nombre à la bibliothèque impériale, mais il nous manquerait celles bien plus nombreuses encore qui ont été volées à cet établissement et qui sont conservées aujourd'hui dans la bibliothèque impériale de Saint-Pétersbourg. M. le comte de la Ferrière a rapporté de Russie 54 de ces lettres, toutes originales. Ah! s'il voulait, lui qui a déjà si bien mérité de la Guyenne par le généreux abandon qu'il a fait à M. de Ruble de tant de précieuses lettres de Blaise de Monluc, tirées de la même source, nous donner aussi la correspondance de la mère d'Henri IV, quelle reconnaissance nous lui devrions! M. Paul Raymond pourrait aussi, en cette occasion, nous prêter un inestimable concours.

(3) La Croix du Maine nous apprend que Martial des Champs était médecin de la maison de ville de Bordeaux, et La Monnoye ajoute qu'il était originaire de Périgueux. On sait que sa plaintive relation a eu pour pendant, la même année, un poème en vers latins du célèbre J. Dorat: *Martialis Campani, medici burdigalensis, e latronum manibus divinitus liberati, monodia tragica, ad Henricum III.* Parisiis, in-8°.

(4) Je l'ai vainement cherché dans toutes les bibliothèques de Paris. Je crois même que Bordeaux n'en possède qu'un seul exemplaire, celui qui fait partie de la belle collection de M. Jules Delpit. Cette collection nous fournira bien des curiosités, notamment un poème satirique inédit de La Grange-Chancel.

rard-Marie Imbert), Bourdeaux, Millanges, 1578, devenue rarissime, ce qui est d'autant plus fâcheux pour ceux qui ne possèdent pas ce petit in-octavo, que les sonnets, au nombre de cent, qui y sont renfermés contiennent, selon la remarque de M. J.-C. Brunet, de très curieux détails sur les guerres civiles qui agitaient alors le midi de la France (1);

L'Histoire tragique de la pucelle de Domrémy, autrement d'Orléans, nouvellement départie par actes, et représentée par personnages, avec chœur des enfants et filles de France et un avant-jeu en vers, etc. (Nancy, 1581, in-4°), par le P. Fronton du Duc, opuscule que l'on ferait précéder d'une étude plus complète que celle du P. Oudin (dans les *Mémoires* de Niceron) sur les travaux du grand helléniste bordelais (2);

Le Cléandre, « très docte discours traitant de l'honneur et de la vaillance, » que nous devons à un traducteur des épîtres de Sénèque, Geoffroy de La Chassaigne, sieur de Pressac, « natif de la ville de Bordeaux, gentilhomme ordinaire de la chambre du roi Henri III, poète latin et françois, grand orateur et historien, etc. (3) » ;

Le Siége de Passage, par Antoine de la Pujade (Toulouse,

(1) M. L. Couture, que je ne me lasse pas plus de citer que l'on ne se lasse de l'entendre citer, a publié sur le poète condomois, dans le tome IV de la *Revue d'Aquitaine*, une étude dont j'ai eu l'occasion de signaler toute la valeur en une note de mon compte-rendu de l'ouvrage de M. Gergerès : *Histoire et description de la bibliothèque publique de la ville de Bordeaux*, p. 567 du tome VIII de la même *Revue* (décembre 1864).

(2) On consultera sur l'*Histoire tragique de la Pucelle* les *Mémoires de l'Académie Stanislas*, Nancy, 1850 *et sequentia*. — Le volume pourrait être accru d'une liste des livres publiés jusqu'à ce jour sur Jeanne d'Arc. Cette notice bibliographique a été déjà plusieurs fois esquissée (par Charles Nodier, par Buchon). En un temps où la mémoire de l'admirable héroïne est plus fêtée que jamais, une telle publication serait la bien venue.

(3) La Croix du Maine, qui me fournit ces indications, ajoute que le père de Geofroy, Isaac de La Chassaigne, fut « l'un des plus doctes et renommés entre les conseillers du parlement de Bordeaux... » Un frère de Geofroy, conseiller au parlement de Bordeaux, épousa la nièce de Bernard de Girard, sieur du Haillan, et sa sœur, Françoise, fut la femme de Michel de Montaigne. Geofroy de la Chassaigne. « a traduit fort heureusement » plusieurs épîtres de Sénèque (Paris, Chaudière, 1582) Le *Manuel du Libraire* ne les mentionne pas plus que le *Cléandre*.

1589), poème que je n'ai pu encore retrouver et sur lequel j'appelle l'attention de tous mes collègues (1);

La *Chronique bourdeloise, composée ci-devant en latin par Gabriel de Lurbe, et par luy de nouveau augmentée et traduite en françois, avec deux siens discours ci-devant imprimés, l'un de la conversion du Roi, et l'autre des antiquités naguères trouvées hors de ladite ville* (Bourdeaux, Simon Millanges, 1594, in-4°), chronique qu'il faudrait annoter en prenant d'abord dans celle de Jean Darnalt (1619, in-4°), et ensuite dans les diverses histoires de Bordeaux, sans négliger le grand Recueil des historiens de France, et surtout la collection des *Archives historiques du département de la Gironde*, ce qui aurait été omis par G. de Lurbe (2);

La traduction des trois petits livres du même érudit : *Garumna, Anrigera, Tarnis, Oldus, Durannius, Aturus*, etc. (Bordeaux, 1593); *De illustribus Aquitaniæ viris, a Constantino magno usque ad nostra tempora*, etc. (Bordeaux, 1591); *de Scholis literariis omnium gentium commentarius* (Bordeaux, 1592), lesquels trois livres réclameraient chacun un commentaire étendu pour lequel on puiserait à des sources abondantes ;

Les *Mémoires* de Henry de Mesmes, sieur de Boissy et de Malassise, qui, dit M. Feuillet de Conches (*Causeries d'un curieux*, t. III, p. 146), « a laissé des mémoires fort courts, mais intéressants, dont on a publié, en 1760, un texte fort altéré, que nous pensons à rétablir un jour dans sa pureté, d'après l'original que nous possédons. »

Il est d'autres ouvrages du XVIe siècle dont on ne connaît que le titre, et qui ne seraient sans doute point à dédaigner, par

(1) M. J.-C. Brunet, qui cite diverses poésies d'Anthoine de la Pujade, a oublié le poème de cet Agenais sur le siége de la petite ville voisine d'Agen. Le P. Lelong avait eu à se reprocher la même omission.

(2) Un autre volume serait consacré à la continuation de la *Chronique bourdeloise* de Gabriel de Lurbe, par Jehan de Gaufreteau, conseiller au parlement de Bordeaux. Le manuscrit de cette très curieuse chronique appartient à M. le baron de Montesquieu qui, dans les archives de son château de la Brède, possède tant de trésors qu'il voudra certainement mettre à la disposition de la Société des bibliophiles de Guyenne.

exemple l'*Histoire de nostre temps*, par Charles Barbaste, natif des environs de Nérac, un des ministres qui assistèrent au colloque de Poissy, en 1561 (1). D'actives recherches nous rendraient peut-être le *Discours des antiquités de Périgord*, par le chanoine François Arnault de Laborie (2), et ce « quelque chose » que, d'après La Croix du Maine, le clerc de ville Richard Pichon avait écrit des antiquités de Bordeaux. Mais je n'ose espérer que l'on soit assez heureux pour retrouver les *Mémoires* ou *Avertissements* d'Etienne de la Boëtie sur l'Edit de janvier, encore moins l'*Historique description du solitaire et sauvage pays de Médoc*, que l'on a prétendu avoir été publié, par Millanges, à Bordeaux, en 1593, in-12. J'ai tant cherché en vain, parmi les manuscrits de la Bibliothèque impériale, les *Mémoires* sur cet édit de 1562 qui marque, en notre pays, l'aurore de la liberté de conscience que j'ai le droit de les croire définitivement perdus. Quant à l'*Historique description*, je suis persuadé, avec M. le docteur Payen (3) et bien d'autres savants bibliophiles, que ce livre n'existe pas, par la bonne raison qu'il n'a jamais existé (4).

(1) Voir la *Bibliothèque* de La Croix du Maine et la note de Bernard de La Monnoye.

(2) Ce *Discours* est cité dans la *Bibliothèque historique de la France* avec la date de 1577. Beaucoup de bibliographes croient que le travail du chanoine de Périgueux, dont François de Belleforest s'est servi dans la *Cosmographie universelle* (1575, in fol.), est resté manuscrit, ce que semble annoncer une phrase de La Croix du Maine. Dans ce cas, qu'est devenu ce manuscrit? Que sont aussi devenus des mémoires manuscrits du même auteur sur la vie de Charles IX indiqués par le dictionnaire de Moréri? Il y a là (édition de 1759, tome I) beaucoup de détails sur Arnault de Laborie qui, fils d'un conseiller au parlement de Bordeaux, fut grand archidiacre de Saint-André et chancelier de l'Université de Bordeaux. Seulement, on attribue là, bien à tort, au docte ecclésiastique l'*Anti-Drusac* (Toulouse, 1564). — Du Verdier, selon la remarque du comte E. de Malleville (*Bibliographie du Périgord*, 1861), donne cet ouvrage à un autre François La Borie, né à Cahors. L'abbé Goujet (t. XII de la *Bibliothèque françoise*) a cru à l'identité des deux La Borie.

(3) M. le docteur Payen a donné une si bonne édition de la *Servitude volontaire*, et, dans les *Essais*, en donnera une si bonne des *Sonnets* de l'ami de Montaigne, qu'il ne laissera rien à faire, à ce double égard, à la Société des bibliophiles de Guyenne.

(4) La *Bibliothèque historique de la France* qui le mentionne (édition Fevret de Fontette) fournirait plusieurs volumes à la collection si vaste des livres imaginaires, collection dans laquelle j'ai déjà rangé (*Revue d'Aquitaine* de décembre 1864, p. 569) l'*Histoire du pape Clément V*, par Octavien de Guasco, qui, d'après M. Ed. Œttinger

Parmi les publications qui se rattachent au XVIe siècle, j'en signalerai ici deux dont je me chargerais avec bonheur : les *Mémoires historiques sur les exploits de Geoffroy de Vivans, premier du nom, pendant les guerres civiles du* XVIe *siècle*, ouvrage inédit qui contient la biographie la plus fidèle et la plus détaillée d'un capitaine qui joua un rôle considérable dans les affaires de la Guyenne (1), et les *Lettres françaises inédites de Joseph Scaliger*, qui formeraient un volume des plus précieux, soit parce qu'elles ont beaucoup d'importance pour la biographie du grand érudit et pour l'histoire littéraire de son temps, soit parce qu'elles nous montrent, dans celui dont on ne connaît guère que l'excellent latin, un écrivain qui manie avec une singulière aisance la langue de son pays, et qui n'a pas moins d'esprit en sa correspondance que dans les meilleurs endroits du *Scaligerana*.

Je désirerais que l'on choisît dans les œuvres complètes de Saluste du Bartas les plus beaux morceaux de la *Judith*, de l'*Uranie*, de la *première* et de la *deuxième Sepmaine*, en y ajoutant les neuf sonnets intitulés : les *Neuf Muses Pyrénées*, le

(*Bibliographie biographique*, 1850, gr. in-8°), aurait paru à Tournay, 1756, en 2 vol. in-12. M. G. Brunet a inutilement fait appel, dans l'*Intermédiaire des chercheurs et curieux* du 1er avril 1864, aux souvenirs des bibliophiles qui auraient pu rencontrer un exemplaire de l'*Historique description*. Le même vaillant érudit a demandé sans plus de succès, dans le même recueil (numéro du 15 juin 1864), des nouvelles du second volume resté, dit-on, manuscrit, de l'*Histoire des mouvements de Bordeaux*, ouvrage dont le 1er volume in-4° parut en 1651. On attribue généralement cette histoire des troubles de la Fronde à Fonteneil, qui en a signé la préface. D'Hozier (*Armorial général*, registre 5e, 2e partie, 1764, in-f°, donne à Lancelot de Mulet, abbé de Verteuil, cet ouvrage dont M. Alphonse Feillet, dans *la Misère au temps de la Fronde et saint Vincent de Paul*, n'hésite pas à regarder Fonteneil comme l'auteur.

(1) M. Berger de Xivrey dit (p. XVII de la *Préface* du tome I des *Lettres missives de Henri IV*) que ces mémoires, qui sont conservés à la Bibliothèque impériale, « sont écrits, avec une scrupuleuse exactitude, de la main du savant abbé Leydet, auteur de tant d'utiles recherches sur le Périgord et le Quercy. » Ces lignes étaient déjà tracées quand mon ami, M. Ad. Magen, m'a montré les Mémoires originaux de Geoffroy de Vivans qui lui ont été récemment confiés par un héritier de tous les papiers de la famille de Vivans. Les Mémoires sont accompagnés d'un volume dans lequel ont été recueillies les lettres écrites par de grands personnages, notamment par Henri IV, à Geoffroy de Vivans, et qui n'ont pas toutes vu le jour. M. Magen s'occupe en ce moment à transcrire ces inappréciables documents. Naturellement, je lui laisse l'honneur de publier toutes ces pièces, me réservant seulement le plaisir de les comparer pour lui avec les copies de l'abbé Leydet.

Cantique pour la victoire d'Ivry, et le poème (en trois langues) composé à l'occasion de l'entrée de la reine Marguerite dans la ville de Nérac. On aurait ainsi un petit volume qui prouverait d'une manière éclatante combien est légitime, à certains égards, la réhabilitation si souvent entreprise du rival de Ronsard (1). La préface du volume pourrait donner satisfaction à un vœu que j'ai naguère ainsi exprimé : « Il y aurait tout un très curieux petit chapitre bibliographique à écrire au sujet des œuvres de du Bartas. Il faudrait d'abord énumérer toutes les éditions qui en ont été faites, éditions qui nulle part ne sont exactement indiquées, puis toutes les traductions qui en ont été données, sans oublier la traduction danoise d'Arreboe, et la traduction suédoise de Spegel. En ajoutant à cette double liste celle des commentaires des œuvres de du Bartas, publiés en France et à l'étranger, on formerait un opuscule qui serait très favorablement accueilli des érudits (2). »

On devrait tirer aussi des œuvres du grand ami de Saluste du Bartas, Pierre de Brach, toutes les perles qui les décorent. Il serait bon de s'attacher surtout au volume de 1576, ce volume dont M. Dezeimeris a dit (p. XIX de son édition) qu'il était *extrêmement rare*, et où l'on trouverait, outre de charmantes petites pièces, des poèmes aussi intéressants pour le Sud-Ouest de la France que l'*Hymne de Bourdeaux* et que le *Voyage en Gascogne*. Ce serait évidemment M. R. Dezeimeris qui présiderait à cette réimpression des chefs-d'œuvre du poète dont il a déjà tant rajeuni la gloire (3).

Le XVIIe siècle, sans offrir une mine aussi riche que l'âge précédent, ne laisserait pas d'être pour nous assez productif.

(1) J'ai cité l'opinion de la plupart des critiques d'autrefois et d'aujourd'hui sur le mérite de l'auteur de la *Semaine* dans la *Revue d'Aquitaine* de novembre 1863 (*Lettre inédite de Saluste du Bartas à Henri IV*), et dans la *Revue de Gascogne* de février et de mars 1866 (*Vies des poètes gascons*, par Guillaume Colletet).

(2) *Revue d'Aquitaine* de novembre 1863, p. 208.

(3) En annotant tous ces morceaux et surtout l'éloge que Pierre de Brach retrace de Bordeaux et de ses hommes illustres, M. R. Dezeimeris aurait une excellente occasion de se montrer, une fois de plus, pour notre plus grand plaisir et notre plus grand profit, commentateur aussi délicat qu'érudit.

Le premier livre, par ordre chronologique, qui mériterait notre attention, autant par sa rareté que par sa singularité, serait le *Pressoir mystique* de Jean d'Intras, de Bazas (Paris, Robert Fouet, 1605, petit in-12). Réimprimer cet ouvrage, ce serait assez faire pour Jean d'Intras, et je n'oserai jamais aller plus loin, et demander, par exemple, la réimpression de ses romans, pas même de celui qui fut jadis le plus célèbre de tous : *Le lict d'honneur de Chariclée, où sont introduites les infortunes et tragiques amours du comte de Melisse* (1609).

L'année 1606 nous fournirait un volume encore plus rare et plus recherché, et surtout beaucoup plus intéressant que le *Pressoir mystique* : je veux parler de la *Remonstrance ou harangue faicte en la cour de senechaussée à Agen, aux ouvertures des plaidoyeries*, par Jehan Darnalt, *où se void la conference et comparaison de la mer avec la profession et exercice de la justice; ensemble les Antiquités de la ville d'Agen et pays d'Agenois, depuis* 1700 *ans en ça, jusques à l'estat present de la dite ville et pays, avec le panégyrique de la reyne Marguerite, duchesse de Valois* (Paris, Fr. Huby, petit in-8°). Le panégyrique de Marguerite est des plus curieux, et il serait piquant de le rapprocher de celui qu'en a retracé avec non moins d'enthousiasme le minime Hilarion de Coste, en ses *Eloges des Reines*; il faudrait aussi, pour ce qui regarde les antiquités de la ville d'Agen et pays d'Agenois, rapprocher du travail du procureur du roi au présidial d'Agen tous les travaux antérieurs et postérieurs. M. Adolphe Magen, qui s'est déjà tant et si heureusement occupé de l'histoire de sa ville natale, nous donnerait mieux que tout autre le Darnalt ainsi complété que nous attendons avec impatience.

Puis viendrait l'ouvrage peu commun et si bizarre du conseiller au parlement de Bordeaux, Pierre de Lancre : *Tableau de l'inconstance des mauvais anges et démons, où il est amplement traicté des sorciers et de la sorcellerie* (Paris, 1610, in-4°). On ajouterait à cet ouvrage des extraits des autres traités de Pierre de Lancre : *L'incrédulité et mescréance du sortilége plainement convaincuë, où il est amplement et curieusement traicté de la verité ou illusion du sortilége, de la fascination, de l'attouchement*, etc. (1622, in-4°), et *Du sortilége, où il est traicté s'il est plus expedient de supprimer et tenir soubs silence les abominations et malefices des sorciers, que les publier et les manifester*, etc. (1627, in-4°). Quelques autres extraits des livres des plus fameux précurseurs de Pierre de Lancre, tels que Jean Bodin (*la Démonomanie des sorciers*, 1580, in-4°) et Martin Delrio (*Disquisitionum magicarum libri VI*, 1599, in-4°), achèveraient de rendre bien précieuse la nouvelle édition du *Tableau de l'inconstance des mauvais anges et démons* (1).

Il ne faudrait pas oublier de reproduire un livre que Bayle a honorablement mentionné en son *Dictionnaire critique*, le *Traité de l'essence et guérison de l'amour*, par Jacques Ferrand, docteur en médecine, natif d'Agen (Toulouse, Colomiez, 1612, in-12). Ce livre, qui reparut à Paris, en 1623, in-8°, sous ce titre : *De la maladie d'amour ou mélancolie érotique*, et qui a été traduit en anglais par Chilmead (Oxford, 1640), offre, tant par les ingénieux aperçus qu'il contient que par les riches citations dont quelques-unes de ses pages sont émaillées, une lecture qui ne manque point d'agrément (2).

En 1621 parurent à Bordeaux (in-8°) les *Discours* de Daniel de Priézac, avocat au parlement de Paris et membre de l'Académie française. L'ouvrage n'est point d'un Aquitain, mais Priézac, avant de devenir conseiller d'Etat ét académicien, avait été d'abord élève, puis régent en l'Université de Bordeaux, et, de plus, les

(1) Voir, en attendant, une analyse de cet ouvrage dans *le Pays Basque* de M. Francisque-Michel (1857), p. 167-181. Je constate que M. Michel donne partout à l'auteur le nom de *de l'Ancre*.

(2) Bayle regrette que l'on ait omis ce livre dans le *de Scriptis medicis* de Vanderlanden, même dans l'édition si fort augmentée de 1686 publiée par Merklin, sous le titre de : *Lindenius Renovatus*. Eloy, en son *Dictionnaire historique de la Médecine*, a trop largement voulu réparer les torts de Vanderlanden et de Merklin, car, non content de mentionner le livre oublié par ses devanciers, il a, par dessus le marché, attribué à notre Jacques Ferrand des *Lettres apologétiques* (Paris, 1685, in-12) qui ne paraissent pas être de lui.

discours que je voudrais voir réimprimer sont relatifs à des choses bordelaises : le premier, roulant sur la réception de M. le marquis de Villars à l'état et office de grand sénéchal de Guyenne ; le deuxième, sur la réception de M. de Barraut à l'état et office de sénéchal de Bazadois, et le troisième, qui fut prononcé à l'occasion de la première entrée du duc de Mayenne en la cour de parlement, étant consacré aux ruines du palais de Tutèle (1).

Les Mémoires de Bertrand de Vignolles sur la guerre qu'il fit en Guyenne pendant les cinq premiers mois de 1621 sont d'autant plus estimables, dit le marquis d'Aubais (*Pièces fugitives pour servir à l'Histoire de France*, t. II, in-4°), que le capitaine écrit lui-même ses propres actions. Besly, le premier éditeur de ces *Mémoires* (Nyort, 1624), a eu raison d'affirmer que la plume de Vignolles n'a pas été moins bonne que son épée. Le marquis d'Aubais, en réimprimant ce remarquable morceau, déclarait que l'édition de Besly était très rare (le *Manuel du Libraire* ne la mentionne pas). J'ai vu à la Bibliothèque impériale un manuscrit des *Mémoires* de Vignolles avec lequel il faudrait collationner le texte imprimé. Ce travail me sourirait d'autant plus que j'ai déjà recueilli de nombreuses notes sur les troubles de la Guyenne au commencement du XVIIe siècle, et qu'il me serait bien facile de compléter, surtout avec les renseignements empruntés anx *Mémoires du maréchal duc de la Force* et aux Histoires de Louis XIII, de Scipion du Pleix et du P. Griffet, les récits de Bertrand de Vignolles.

On a imprimé à Bordeaux, en 1629, un opuscule de Jean Gaufreteau, curé de Libourne : *La digue ou siége et prinse de La Rochelle*. Je n'ai pas besoin de dire pourquoi cet opuscule, presque inconnu, doit attendre sa résurrection de la Société des Bibliophiles de Guyenne.

(1) De ce dernier discours, il y aurait à rapprocher une lettre fort intéressante sur les Piliers de Tutèle que l'on trouvera dans le *Mercure galant* de novembre 1696, p. 40. On cite là Vinet, Thevet, du Cerceau, le Vitruve de Perrault, le P. Mabillon, etc. La lettre n'est pas signée, mais elle est d'un érudit.

M. Alleaume a fourni, en 1856, à la *Bibliothèque elzévirienne* les *OEuvres complètes de Théophile* (2 vol. in-16) (1), œuvres *trop* complètes, diront ceux qui sont choqués d'y trouver des ordures qu'il aurait fallu laisser dans cette espèce de cloaque littéraire que l'on nomme le *Parnasse satyrique* (2), œuvres *pas assez* complètes, diront à leur tour ceux qui regrettent de n'y point trouver la délicieuse imitation en vers de l'ode d'Horace : *Sic te diva potens Cypri*, citée par l'abbé de Marolles (t. I, p. 315 de la 2e édition de la traduction d'Horace, Paris, 1760, in-8o) (3), et les pièces suivantes énumérées par M. Edouard Tricotel en ses *Variétés bibliographiques* (1863, 1 vol. in-12, note de la p. 254) : *Au sieur Hardy, Ode*, en tête du tome I du *Théâtre* d'Al. Hardy (Paris, Quesnel, 1624, in-8o); *sur la mort de Durand et des deux Siti frères*, sonnet dans les *Délices de la poésie françoise* de Baudoin, 1620, in-8o, p. 333; autre sonnet *sur Philis*, même recueil, p. 349, etc. En introduisant dans une nouvelle édition ces diverses pièces et celles qu'il serait encore possible de rencontrer ailleurs, et en en écartant sans miséricorde tout ce qui serait

(1) On sait que la première édition des œuvres de Théophile est de 1626. Peu d'auteurs ont eu autant de succès que Théophile, si l'on en juge par le nombre effrayant des éditions de ses œuvres. Il en a paru, à Lyon seulement, neuf de 1630 à 1677, dont trois en l'année 1668.

(2) M. L. Couture a eu entre les mains un exemplaire à la dernière page duquel une note manuscrite signée Alleaume renvoyait à l'éditeur, P. Jannet, avec une juste sévérité, toute la responsabilité de ces additions obscènes.

(3) Voir à ce sujet *Notes et documents pour servir à l'Histoire de Lyon*, par A. Péricaud, in-4o, 1860-61, p. 66. Le docte bibliographe ajoute que le commentaire de M. Alleaume laisse encore bien des choses à dire à un nouvel éditeur, et il indique, en effet, certaines fâcheuses lacunes. Il aurait aussi désiré que l'on eût reproduit, en tête de l'édition Jannet, le portrait de Théophile qui orne l'édition d'Antoine Cellier, et qui est accompagné de ce distique :

Hic mortalis habes vultum, non carmina vatis :
Carmina quippe dei sunt, sed imago viri.

J'approuve fort toutes les réclamations de M. Péricaud, mais il m'est impossible de lui laisser dire que le quatrain : « Petit cheval, joli cheval, etc. » fut improvisé par Théophile. J'ai rappelé dans la *Correspondance littéraire* du 20 février 1859 que Durosoir (*Biographie universelle*, 1re édition), Th. Gautier (*les Grotesques*) et Ph. Chasles (*Etudes sur l'Espagne*) avaient eu grand tort d'attribuer à Théophile un impromptu qui fut fait par Mellin de Saint-Gelais pour le cheval de François Ier.

trop faible ou trop licencieux (1), on obtiendrait un volume qui donnerait raison aux éloges de Corneille et de Descartes (2). M. Ad. Magen, qui avait autrefois songé à publier les œuvres choisies de Théophile, et qui a rédigé une charmante notice (encore inédite) sur ce poète, aurait soin de l'édition que je réclame, et qui ne saurait être confiée à de meilleures mains.

Je supplie la Société des Bibliophiles de Guyenne de faire réimprimer aussi tout ce qui nous reste d'Adrien de Monluc, comte de Cramail, non-seulement la *Comédie de Proverbes*, dont la première édition est de Paris, 1633, petit in-8°, mais aussi les *Pensées du Solitaire* et les *Jeux de l'Inconnu*. Sorel, en sa *Bibliothèque françoise*, nous apprend que ces deux derniers ouvrages « viennent d'un grand seigneur de la vieille cour, lequel véritablement a donné un modelle de nostre galanterie. » Il ajoute : « On prétend que c'estoit le comte de Cramail, et que le sieur de Vaux, qui a mis son nom à ces livres-là, et qui est celuy qui avoit fait le *Tombeau de l'Orateur françois*, avoit seulement eu le soin de l'impression. » L'abbé de Marolles avait déjà dit en ses *Mémoires* qui parurent huit ans avant la première édition de la *Bibliothèque françoise*, c'est-à-dire en 1656, in-fol. : « Adrien de Montluc, comte de Cramail ou de Carmain, pour son livre des *Jeux de l'Inconnu*, où il n'a pourtant pas mis son nom. Il a fait aussi les *Pensées d'un Solitaire*, qui sont imprimées, et beaucoup d'autres ouvrages

(1) Je suppose que la Société des Bibliophiles de Guyenne s'abstiendra de reproduire, en général, toute composition obscène. Aussi ne s'étonnera-t-on pas de ne voir citer ici ni des pièces comme l'*Arrest contre les Chastrez* (Bordeaux, 1619), ni des volumes comme celui dans lequel est racontée l'histoire infiniment peu édifiante d'une dame de Bordeaux, volume dont on a d'ailleurs récemment donné une nouvelle édition à Paris, chez Gay. Voir le *Manuel du Libraire*, aux articles *La Roche (Jean de)* et *Royer (Colin)*.

(2) Voir la préface de *Mélite* ou l'*Histoire de la vie et des ouvrages de P. Corneille*, par J. Taschereau (Bibliothèque elzévirienne, 1855, p. 20). L'autre éloge, qui a échappé à tous les critiques si nombreux qui, de nos jours, ont parlé de Théophile, se trouve dans une lettre de l'auteur du *Discours sur la méthode* à Chanut, 1647 (*OEuvres complètes de Descartes*, t. x de l'édition de M. V. Cousin). Qu'il soit permis à celui qui a publié *Douze lettres inédites de Jean-Louis-Guez de Balzac* (Bordeaux, 1863) de rappeler que le grand philosophe, dans une autre de ses lettres, trop peu connue, vante beaucoup le style de Balzac, où, dit-il, les grâces se voient dans toute leur pureté.

qui ne le sont pas. » La dramatique existence du petit-fils du maréchal de Monluc mériterait d'être retracée avec de grands développements. Parmi les témoignages favorables à ce personnage, sur lequel nous n'avons dans les recueils biographiques que deux ou trois phrases insignifiantes, il ne faudrait négliger ni celui que Maynard a consigné dans ses *Lettres*, ni celui que Laporte a consigné dans ses *Mémoires*.

Un Condomois, Paul Boyer, écuyer, sieur du Petit-Puy, nous a laissé, outre une sorte de dictionnaire in-f°, la *Bibliothèque universelle*, qui a été démesurément louée par Chevreau, deux livres dont peut-être la réimpression ne serait pas trop mal accueillie : *Remarques des signalés bienfaits rendus à l'Etat par Anne d'Autriche* (Paris, 1649, in-4°) (1) et *Relation de ce qui s'est fait et passé au voyage de M. de Brétigny à l'Amérique occidentale* (Paris, 1654, in-8°). Cette relation est d'autant plus intéressante que Paul Boyer avait suivi l'aventureux Brétigny dans l'expédition destinée à assurer à la France la possession de la Guyane, et qu'il put dire de l'assassinat du gouverneur et de la perte de la colonie : *Quœque ipse miserrima vidi*. L'ouvrage, de plus, est devenu très rare, et dans une vente, le prix s'en est élevé, selon le *Manuel du Libraire*, jusqu'à 71 francs (2).

J'ai trouvé aux Archives de l'Empire une *Relation des troubles de Bordeaux et des soins de Leurs Majestés pour les faire cesser*

(1) Ce livre sur Anne d'Autriche me rappelle un livre d'un membre de l'Académie française, né à Sos (dans l'Agenais), qu'il serait sans doute bon de remettre en lumière : je veux parler de l'*Esclaircissement de quelques difficultés touchant l'administration du cardinal Mazarin*, par le sieur Silhon (1651). On pourrait joindre à cette habile apologie du successeur de Richelieu le traité de Silhon *sur la façon d'écrire l'histoire* et la remarquable préface qu'il mit en tête du *Parfait capitaine* du duc de Rohan. On reproduirait naturellement, en tête du volume, le placet adressé à Louis XIV, en 1661, que nous a conservé Pellisson, et dans lequel Silhon énuméra fièrement les services qu'il avait rendus à l'Etat. Silhon, tant oublié de nos jours, mériterait, à bien des titres, un souvenir de notre *Société*.

(2) Un voisin de Boyer, J. Lacarry, de Lectoure, ne m'est connu que par cette citation du *Manuel du Libraire* : *Pour le Triomphe du Soucy*. Toloze, 1636, in-8°. La plupart des *Triomphes* (pièces couronnées aux Jeux floraux) sont assez rares ; mais il faudrait regarder à la qualité avant de s'engager dans une réédition des poésies des lauréats de Guyenne et de Gascogne.

en l'année 1649. Cette relation, très minutieuse et très attachante, pourrait servir d'introduction aux pièces sur la Fronde que la *Société* publiera sans doute en assez grand nombre (1). Je n'ai osé, à cause de sa longueur (elle remplit cent pages environ du registre in-4° marqué KK 1218), demander pour elle l'hospitalité dans un de ces volumes des *Archives historiques du département de la Gironde* auxquels j'ai fourni tant de documents relatifs à la Fronde, ne voulant pas d'ailleurs que l'on appliquât à mes trop monotones communications le mot de Juvénal sur les choux meurtriers toujours et toujours servis à d'infortunés convives (*occidit miseros crambe repetita magistros*); mais j'insiste ici pour que mes collègues ne repoussent point une relation d'une aussi grande importance.

La Bibliothèque impériale possède parmi ses manuscrits des *Mémoires* inédits de M. de la Motte-Bessot sur les troubles de la Fronde en Périgord et sur la révolte des Croquants, mémoires qui ont éte rédigés en 1650. Si quelque Périgourdin ne me devance, je transcrirai, un peu plus tard, ces mémoires qui m'ont paru devoir être tirés de l'oubli dans lequel ils sont ensevelis.

J'ai vu au château de Xaintrailles, ancienne demeure des Lusignan, parmi de bien précieux documents inédits, dont les uns ont déjà paru et dont les autres vont bientôt paraître dans les *Archives historiques du département de la Gironde*, deux pages seulement, les deux premières d'un opuscule que l'on retrouvera tout entier, je l'espère, dans quelque bibliothèque de Paris ou de province. Voici le titre de cet opuscule : *Récit des exploits de M. le marquis de Luysignan* (sic) *durant les troubles de Bourdeaux et de la Guyenne pour servir à l'histoire* (à Bourdeaux, par Guillaume de La Court, imprimeur ordinaire du Roy et de Son Altesse, 1651, in-4°). L'éditeur dit au marquis de Lusignan dans l'épître dédicatoire : « Ce panégyrique de vos exploicts m'ayant esté mis entre

(1) M. Jules Delpit a déjà proposé la réimpression de deux Mazarinades rarissimes, de Lancelot de Mullet, abbé de Verteuil : *Le curé bourdelois* et *le Jugement du curé bourdelois*.

les mains, ie l'ay assorti de mon impression, et me suis hazardé de luy donner l'essor soubs vos heureux auspices. Certes, Monsieur, la ville de Bourdeaux vous a tant d'obligation qu'elle n'a pas assez de quoy vous les reconnoistre, quand mesme elle vous feroit son Maire, comme c'est le desir des bons bourgeois. » Je ne saurais trop vivement engager les membres de la Société des Bibliophiles de Guyenne à chercher partout un opuscule qui doit être aussi curieux qu'il est rare.

M. Bascle de Lagrèze me signale, comme une rareté intéressante, l'*Héroïne mousquetaire* (petite édition à la sphère, Amsterdam, 1692). Le fond de l'histoire chevaleresque de mademoiselle de Meyrac est vrai, me dit-il, et il est question dans ce curieux récit de plusieurs autres noms de notre pays.

Dans la Bibliothèque de l'Arsenal sont déposés les manuscrits d'un des plus illustres pasteurs du XVIIe siècle, de Jean Claude, né à La Sauvetat du Dropt (1). Ne pourrait-on extraire de ces manuscrits la matière d'un volume digne de la réputation de celui qui fut l'âme de son parti autant par sa science et par son talent que par son caractère (2)?

(1) Deux historiens protestants, M. le pasteur Crottet et M. le professeur de Felice, ont confondu La Sauvetat du Dropt avec La Sauvetat en Rouergue. Leur erreur a été relevée (p. 13 du t. III du *Bulletin de la Société de l'Histoire du protestantisme français*) par M. le pasteur Mercat. Le tome VII de ce recueil nous offre (p. 21) une lettre inédite de Jean Claude, du 19 mai 1626.

(2) Il faudrait examiner si, parmi les productions des coreligionnaires de Claude, il n'en est pas que leur intérêt recommande à notre choix. En écartant les livres de polémique et de théologie, on rencontrerait, je crois, quelques livres curieux parmi les œuvres des protestants de l'Aquitaine, telles que les énumère la *France protestante* aux mots Alba, Aubus, Costabadie, Cotherel, Labadie, Mathieu de Larroque, Mermet, Primerose, etc. Le *Manuel du Libraire* n'a pas cité le bizarre et piquant ouvrage du pasteur Antoine Chardevenne, natif de Casteljaloux : *Les Plagiaires du Couvent des Repenties de la Magdelene de Bordeaux*, etc. (Amsterdam, 1653, in-8°). De leur côté, MM. Haag ont oublié de citer le livre du pasteur de Nérac, Charles d'Aubus, *de l'Ebionisme des Moines*, 1648. — Les *conférences* publiques entre protestants et catholiques furent fréquentes sous Henri IV et sous Louis XIII ; plusieurs relations en ont été publiées qui sont devenues rares, par exemple celles du P. Daniel de Saint-Sever et du ministre Charles sur la conférence de Pau (janv. 1620); celles du P. Regourd, jésuite, et du célèbre Chamier sur la conférence de Lectoure (mai 1618); mais la plupart des développements théologiques qui remplissent ces écrits ont perdu beaucoup de leur intérêt. Il n'en est pas de même des détails historiques narrés souvent avec une verve heureuse, ni des poésies satiriques imprimées d'ordinaire à la fin des volumes, et parmi lesquelles on rencontre des morceaux fort appétissants.

Il n'y aurait pas à songer à Cyrano de Bergerac, dont on a publié, en 1855, les *OEuvres choisies* (précédées d'une notice par Le Blanc, Toulouse, 1 vol. in-12), et dont M. Paul Lacroix a donné, en 1858, les *OEuvres complètes* (Paris, Adolphe Delahays, 2 vol. in-16), si l'on ne retrouvait pas les ouvrages inédits dont le célèbre bibliophile parlait ainsi (*Avertissement*, p. IX) : « Nous espérons que cette nouvelle édition, en attirant l'attention sur notre auteur, amènera la découverte de plusieurs de ses ouvrages inédits, en prose et en vers, notamment celle de l'*Histoire de l'Etincelle*, qu'il regrettait lui-même à son lit de mort, quand il conjurait les détenteurs des manuscrits qu'on lui avait dérobés de les donner au public comme l'expression de ses dernières volontés. » Toutefois, il y aurait lieu de réimprimer, même après les deux récentes éditions de Toulouse et de Paris, l'*Histoire comique des Etats et empires de la lune et du soleil*, si l'on pouvait remplir les lacunes qui existent dans cette histoire grâce au manuscrit complet qu'en possédait M. de Monmerqué, qui se proposait de le publier aussitôt qu'il aurait achevé de payer son tribut à Mme de Sévigné. M. de Monmerqué pensait que ce précieux manuscrit, où se trouvent tout au long les passages retranchés depuis 1654, date de la première édition, était de la main même de Cyrano de Bergerac, et que, dans tous les cas, il appartenait incontestablement à la première moitié du XVIIe siècle.

Les nombreux ouvrages de Scipion du Pleix ne sont en général ni assez bons, ni assez rares, pour que la réimpression doive en être proposée. Un seul serait digne de cet honneur, mais celui-là est tellement rare qu'il est, je le crains, introuvable. Je l'ai, du moins, réclamé en vain, à Condom, à Agen, à Bordeaux, à Paris, partout enfin où je pouvais le plus espérer qu'il me serait montré. C'est la *Généalogie de la maison d'Estrades*, que le P. Lelong assure avoir été imprimée à Bordeaux, en 1655, in-4° (1). Cette

(1) M. Joannis Guigard n'a pas mentionné cet ouvrage dans son excellente *Bibliothèque héraldique*. Lui aussi, l'auteur du *Manuel du Libraire* garde à ce sujet un silence inquiétant. Dans le numéro du 10 avril 1866 de l'*Intermédiaire*, j'ai demandé si quelqu'un ne pourrait pas me donner de bonnes nouvelles du vieux bouquin, et jusqu'à ce jour je n'ai rien vu venir.

généalogie, qui aurait été faite, dit-on, à la prière de l'évêque de Condom, Jean d'Estrades, le frère du maréchal Godefroi d'Estrades, nous fournirait de bien précieux détails sur une famille qui, originaire d'Agen, a joué un si grand rôle à Bordeaux dans le XVIIe siècle. La découverte d'un tel livre serait pour la Société des bibliophiles de Guyenne une bonne fortune à nulle autre pareille.

Parmi les mémoires militaires dont notre littérature est si riche, ceux de Jacques de Chastenet, seigneur de Puységur (près de Lectoure), méritent une bonne place, quoique omis par MM. Michaud et Poujoulat. Il est peu de carrières aussi bien remplies que celle de ce lieutenant-général mort à quatre-vingt-deux ans, en 1682, après avoir assisté à trente combats et à cent vingt siéges. Il est surtout peu de récits plus variés, plus francs, plus hardis que les siens. M. Petitot, dernier éditeur des mémoires de Puységur, n'a pu que reproduire la première édition donnée par F. Duchesne (Amsterdam et Paris, 1690, 2 vol. in-16). Il y aurait lieu à la revoir sur les manuscrits. M. Léonce Couture m'apprend qu'une copie authentique, provenant de la famille du brave général, est à sa portée, avec plusieurs pièces inédites qui le concernent.

Ne voudrait-on pas réimprimer le très spirituel discours *de la Connoissance des bêtes* (Paris, 1672, in-12), d'Ignace-Gaston Pardies, fils d'un conseiller au parlement de Pau? Il me semble que, malgré les assez nombreuses éditions qui en ont été données, en 1678, en 1724, etc., cet ouvrage n'est pas commun. On pourrait y joindre une traduction de la dissertation latine du savant jésuite (*De motu et natura cometarum*, Burdigalæ, 1665, in-8°), traduction qu'annoterait si bien M. Lespiault, le très habile professeur d'astronomie à la Faculté des sciences de Bordeaux.

Je ne conseille à personne de tirer de la poussière dans laquelle ils sont justement ensevelis les traités théologiques du bordelais Isaac de La Peyrère, soit en français comme le *Rappel des juifs* (1643, in-8°), soit en latin comme les *Præadamitæ* (1655, in-4°), mais je suppose que l'on ne serait pas fâché de relire, en une bonne petite édition, certains opuscules de l'original écrivain, tels que la *Bataille de Lens* (Paris, 1649), la *Relation du Groenland* (Paris, 1642) et la *Relation de l'Islande* (Paris, 1663). Un professeur à la Sorbonne, qui a laissé les meilleurs souvenirs à Bordeaux, M. A. Geffroy, ne refuserait pas, lui qui connaît à merveille tout ce qui regarde les pays scandinaves, et qui, récemment encore, s'est spécialement occupé de l'Islande (1), d'enrichir cette dernière relation d'additions qui en décupleraient la valeur.

Le béarnais Jacques Abadie, dont on a réimprimé à Toulouse, en 1864, le beau *Traité de la religion chrétienne*, a composé deux ouvrages historiques dont la publication devrait bien, s'il était possible, entrer dans notre programme : le *Panégyrique de Marie, reine d'Angleterre*, qui est si rare que presque aucun érudit ne l'a vu (M. J.-C. Brunet ne le cite pas), et l'*Histoire de la dernière conspiration d'Angleterre* (Londres, 1696, in-8° de 192 pages), ouvrage qui n'est guère moins rare que le précédent.

Gabriel-Joseph de Lavergne, comte de Guilleragues, qui, de président de la cour des aides de Bordeaux, sa ville natale, devint ambassadeur à Constantinople, a laissé une relation de son ambassade auprès du grand seigneur (Paris, 1687, in-12). A la suite de cette relation, on publierait l'éloge de Turenne, que Guilleragues inséra dans la *Gazette de France*, et aussi la traduction des *Lettres d'une religieuse portugaise*, que ce « maitre en l'art de plaire, » comme l'appelle Boileau, écrivit de sa plume la plus légère et la plus délicate (2).

Dom Devienne a cité, dans son *Histoire de la ville de Bordeaux*, le *Manuscrit de Ferrachat* et la *Vie du cardinal de Sourdis*, par Cruzeau, secrétaire du prélat. J'espère que ces ouvrages

(1) L'*Islande avant le christianisme, d'après le Gragas et les Sagas*, dans le tome VII, 1re série, 2e partie des *Mémoires présentés par divers savants à l'Académie des inscriptions et belles-lettres*.

(2) On a, dans l'avertissement de plusieurs éditions, attribué formellement à Guilleragues cette traduction. Quant à l'avocat Subligny, que l'on a aussi regardé comme l'auteur de cette traduction, son rôle paraît s'être borné à recevoir des mains de M. Chamilly le texte original et à le communiquer au futur traducteur.

ne sont pàs perdus et qu'ils ne resteront pas longtemps inédits. Le cardinal de Sourdis et son adversaire le duc d'Epernon ont inspiré, du reste, tant de panégyriques et de diatribes que l'on aurait là de quoi remplir plusieurs volumes. Un choix pourrait être fait parmi les moins répandues et les plus curieuses de ces diverses pièces, et l'on analyserait toutes celles que l'on ne jugerait pas à propos de publier, de façon à présenter aux biographes et aux bibliographes, soit *in extenso*, soit au raccourci, tout ce qui concerne, d'une part, le cardinal de Sourdis (1), d'autre part, le duc d'Epernon (2).

Le XVIIIe siècle est trop rapproché de nous pour que nous puissions lui demander grand'chose.

Le livre de l'héroïque évêque de Marseille, Henri-François-Xavier de Belsunce, qu'il publia quand il était grand-vicaire d'Agen, la *Vie de Mlle Suzanne-Henriette de Foix-Candale* (1709, in-12), est assez peu commun, mais aussi assez peu intéressant.

M. le marquis de Châteaugiron a publié, en 1822, dans le second volume des *Mélanges de la société des bibliophiles français*, quelques pages écrites par Louis-Antoine de Pardaillan de Gondrin, duc d'Antin, sous ce titre : *Réflexions sur l'homme et en particulier sur moi-même et Mémoires de ma vie commencés en* 1707. Cette confession, dont M. Sainte-Beuve a si heureusement su tirer parti dans une de ses plus délicieuses *Causeries du lundi* (tome V), n'a eu que 28 exemplaires. L'emprunt fait par la Société des bibliophiles de Guyenne à la Société des bibliophiles français serait donc des plus heureux. Quel complément il y aurait à donner aux petits mémoires du célèbre courtisan, si l'on

(1) Il ne faudrait pas oublier l'*Oraison funèbre de François d'Escoubleau, cardinal de Sourdis*, par Gilbert de Grimauld, théologal de l'Église de Bordeaux (1628, in-8o). On a une oraison funèbre du frère et du successeur du cardinal, Henri d'Escoubleau, par Denis de la Barde, évêque de Saint-Brieuc. Paris, 1646, in-4o.

(2) La collection Dupuy, à la bibliothèque impériale, possède un nombre considérable de documents, manuscrits ou imprimés, qui complètent ou rectifient le livre de Guillaume Girard : *Histoire de la vie du duc d'Epernon*. Paris, 1655, in-folio; 1663, in-12; 1673, in-12; 1730, in-4o et in-12; 1736, in-12.

avait la chance insigne de remettre la main sur ses grands mémoires dont Lemontey cite plusieurs fois le manuscrit dans son *Histoire de la Régence!*

Il faudrait, des deux volumes de poésies de Benech de Cantenac, chanoine de l'église métropolitaine et primatiale de Bordeaux, les *Poésies nouvelles et autres œuvres galantes* (Paris, 1662, in-12) et *Satyres nouvelles* (Amsterdam, sans date, petit in-8°), extraire la matière d'un mince volume qui ne déplairait point aux gens de goût (1). Je suppose que l'éditeur de ce volume n'hésiterait pas à rendre au chanoine de Saint-André, malgré les observations qui se trouvent dans les *Souvenirs de Jean Bouhier* (2), la paternité si souvent donnée au grand Corneille du poème plus que badin intitulé : *L'occasion perdue et retrouvée.* M. J.-C. Brunet a rappelé que Michault, en ses *Mélanges historiques et philologiques*, avait démontré que Cantenac était bien le coupable, et le sentiment de Michault a été adopté par les meilleurs critiques et bibliographes, A.-A. Barbier (*Dissertation sur soixante traductions françaises de l'Imitation de Jésus-Christ*, 1812), Viollet-Leduc (*Catalogue de la Bibliothèque poétique*, etc., 1843) (3), M. Taschereau (*Histoire de la vie et des ouvrages de P. Corneille*, 2e édition, 1855), etc. Fontenelle, d'ailleurs, avait, dès 1724, en un mémoire inséré au *Journal de Trévoux*, protesté contre l'injure faite à la mémoire de son oncle par ceux qui lui avaient attribué le poème de Cantenac.

Condom a donné le jour à un oratorien qui fut un écrivain bien distingué, et que n'aurait pas dû oublier la *Nouvelle Biogra-*

(1) En janvier 1700, on inséra dans le *Mercure* une *Lettre en vers de M. de Cantenac, chanoine de Saint-André à Bordeaux, adressée aux dames de cette ville pour leur inspirer la conduite régulière qui sied si bien au sexe*, et, un peu plus tard, une pièce du même intitulée : *Avis aux hommes mariés.* Dans le numéro de novembre 1699, on avait donné quelque chose de Cantenac sur l'*Eloignement des emplois.*

(2) J'ai fort loué ces aimables souvenirs dans un article de la *Revue critique d'histoire et de littérature* du 24 mars 1866.

(3) M. Viollet-Leduc a fait observer, d'après l'Avertissement des *Satyres nouvelles*, que ce qu'il y a de trop gaulois dans les poésies de Cantenac constitue un péché de jeunesse, et que l'homme d'église ne doit point être rendu responsable de ces *juvenilia.*

phie générale, à Jean Gaichiés, que Chaudon a ainsi apprécié : « L'abbé de Lavarde a publié le recueil de ses œuvres en 1739, in-12. On y trouve X *discours académiques*, aussi élégants que judicieux, et des *Maximes sur le Ministère de la Chaire* (1). Cet ouvrage (attribué d'abord à Massillon qui le désavoua en le louant) est précieux, tant pour la solidité des préceptes que pour les agréments du style. Il y a peu de livres écrits avec plus de justesse, de précision et d'élégance. » Si l'on soupçonnait l'auteur du *Nouveau dictionnaire historique* d'avoir trop favorablement jugé le talent du P. Gaichiés, je rappellerais qu'il est complètement d'accord à cet égard avec un critique tel que l'abbé Goujet. Voici comment ce dernier parle du 4e des *Discours académiques sur le progrès de la langue française* : « Quelque court qu'il soit, il dit beaucoup en peu de mots, et le dit avec cette justesse et cette élégance qui caractérisent tout ce qui est sorti de la plume de cet écrivain (*Bibliothèque française*, t. I, p. 23). » Un peu plus loin (p. 228-230), Goujet prodigue les plus grands éloges aux *Maximes sur le Ministère de la Chaire*, et dit des *Discours académiques* (p. 232) que c'est un « recueil précieux où l'on retrouve tout le goût, toute la finesse et toute la solidité de l'auteur. » Il ne faut pas que la Société des Bibliophiles de Guyenne laisse à d'autres le soin de réimprimer des ouvrages qui font tant d'honneur au Condomois (2).

M. Ad. Magen possède un rare petit livre qui, malgré sa date relativement récente, me paraît devoir être publié de nouveau. Ce sont les *Lettres des rois Henri III et Henri IV, commissions, arrêts du conseil privé du roi, etc., qui se sont trouvés dans les archives de haut et puissant seigneur, messire Jean-Baptiste de Peyronenc, seigneur marquis de Saint-Chamarand* (in-12, Bordeaux, 1766). Ce volume, aujourd'hui centenaire, qui a rendu

(1) Les *Maximes* parurent pour la première fois à Paris en 1710. La deuxième édition est de Toulouse, 1711. C'est celle qui porta le glorieux nom de Massillon.

(2) Je dois rappeler ici que M. Léonce Couture a publié, il y a dix ans, dans la *Revue d'Aquitaine* (t. I, p. 393 et 456) une excellente notice sur Jean Gaichiés.

tant de services à M. Magen pour son beau *Mémoire sur la ville d'Agen sous le sénéchalat de Pierre de Peyronenc, seigneur de Saint-Chamarand* (1866, imprimerie impériale) (1), pourrait être avantageusement grossi de quelques-uns des documents si nombreux relatifs à la famille de Peyronenc, qui sont entre les mains de M. Jules Delpit. Le secrétaire perpétuel de la Société d'agriculture, sciences et arts d'Agen, et le secrétaire général de la Société des archives historiques du département de la Gironde, réunissant leurs efforts, nous donneraient des *Lettres des rois Henri III et Henri IV* une édition qui nous servirait à tous de modèle.

Madame la comtesse Marie de Raymond garde dans ses archives les *Mémoires* d'un de ses aïeux, le capitaine Gilbert de Raymond, qui assista à la bataille de Fontenoy (11 mai 1747), et qui en a retracé un récit très fidèle et très animé. Les mémoires de Gilbert de Raymond offrent, à côté de cette importante page historique, divers détails qui sont loin d'être dénués d'intérêt (2). Madame la comtesse de Raymond se chargerait de fournir les éclaircissements généalogiques, et, si elle daignait accepter ma dévouée collaboration, je m'engagerais avec joie à préparer toutes les autres notes qui pourraient paraître nécessaires (3).

(1) *Mémoires lus à la Sorbonne dans les séances extraordinaires du comité impérial des travaux historiques et des sociétés savantes tenues les* 19, 20 *et* 21 *avril* 1865, p. 501-550. J'ai eu l'honneur de lire, en Sorbonne, au nom de l'auteur, ce remarquable chapitre d'une histoire de la ligue dans l'Agenais, et je puis attester que le travail de M. Magen a été très goûté de la docte assemblée.

(2) Les *Mémoires* de Gilbert de Raymond me font songer à d'autres mémoires que j'oubliais : ce sont ceux d'un cadet de Gascogne, le chevalier d'Antras, mémoires dont il a été inséré un fragment dans le *Bulletin d'Auch* (t. I, p. 466-476), et dont M. Léonce Couture (*ibid.*, t. II, p. 577) a réclamé avec raison la publication totale.

(3) On s'étonnera peut-être de ce que je n'ai rien dit ici des livres de Florimond de Raymond. Mais pour ses livres, comme pour ceux de Belleforest, de Bernard de Girard, seigneur du Haillan, et de plusieurs autres célèbres poètes ou prosateurs aquitains, j'ai dû garder le silence, tantôt à cause de leur trop considérable dimension, tantôt à cause du peu de rareté des exemplaires, et, dans d'autres cas, à cause de l'insignifiance de l'œuvre. Si l'on voulait admettre les livres de ceux qui n'ont été que les hôtes de la Guyenne, il ne faudrait oublier ni la *Sagesse* de Charron, ni quelques-uns des opuscules du P. Richeome, ni surtout les *Gestes des solliciteurs* d'Eustorg de Beaulieu (Bourdeaux, 1619, in-4o).

La bibliothèque de la ville de Bordeaux possède quelques manuscrits de Jacques Romas, qui, avant Franklin, découvrit le cerf-volant électrique (1). Il y aurait à trier ces manuscrits, à chercher à s'en procurer d'autres qui, dit-on, appartiennent à M. Gavarret, professeur à la Faculté de médecine de Paris, et à publier ce qui paraîtrait le plus digne de l'habile physicien, avec des annotations que l'on devrait bien demander à M. Frédéric Lespiault, qui, comme Romas, a eu pour berceau la ville de Nérac; qui, comme le fut Romas, est membre de l'Académie des sciences, belles-lettres et arts de Bordeaux, et qui, enfin, comme Romas, s'est beaucoup occupé de météorologie. Il serait bon de reproduire en tête du volume que l'on consacrerait au correspondant de l'Académie des sciences de Paris, son opuscule posthume, imprimé à Bordeaux en 1776, in-12: *Mémoire sur les moyens de se garantir de la foudre, dans les maisons, suivis d'une lettre sur l'invention du cerf-volant électrique.*

Mais ce que la littérature attend avec le plus d'impatience de la Société des bibliophiles de Guyenne, c'est la publication des manuscrits de Montesquieu si pieusement conservés par un de ses descendants au château de la Brède (2). Même s'il faut à jamais renoncer à cette *Vie de Louis XI*, que pourtant M. J.-F. Samazeuilh vit et toucha, de 1812 à 1815, si sa mémoire est bonne,

(1) Romas n'a pas d'article dans la *Nouvelle Biographie générale!* M. Louis Figuier (*Exposition et histoire des principales découvertes scientifiques modernes*, tome IV, 1857, p. 183-213) a vengé le savant assesseur au présidial de Nérac des injustices dont il a été l'objet de la part de Priestley, de Biot, de Becquerel, en un mot de tous ceux qui ont écrit sur l'électricité. M. Figuier s'est surtout appuyé, pour établir les droits du physicien français à la priorité de la découverte du cerf-volant électrique, sur un excellent mémoire de M. Merget, professeur de physique au lycée impérial de Bordeaux, imprimé dans les *Actes* de l'Académie de cette ville, 1853. L'*Etude sur les travaux de Romas* avait été couronnée par la savante compagnie, d'après un très élogieux rapport de M. Abria.

(2) J'ai publié une note sur les manuscrits inédits de Montesquieu dans l'*Intermédiaire des chercheurs et curieux* du 25 février 1865. Le directeur de ce journal, répondant à une question posée par moi, avait déjà annoncé, le 15 février 1864, que le testament de l'illustre publiciste se trouve parmi les minutes de Me Leroy, à Paris. Ce testament devrait être recueilli, à la suite des manuscrits de Montesquieu, avec toutes les autres pièces intéressantes que pourraient nous offrir les papiers de famille.

dans le cabinet de M. Lainé (*Biographie de l'arrondissement de Nérac*, p. 794), les morceaux inédits qui nous restent encore de l'immortel écrivain formeraient un volume dont l'apparition serait une fête pour tous les admirateurs d'un des plus beaux génies dont la France puisse se glorifier.

Dans plusieurs volumes de *Mélanges*, on réunirait diverses pièces trop peu importantes pour être publiées séparément : des éloges de personnages célèbres de la Guyenne, comme l'*Oraison funèbre d'Arnaud de Pontac, évêque de Bazas*, par son aumônier Guy du Puy, archidiacre et chanoine de Bazas, imprimée à Bordeaux, par Millanges (1605, in-8°), mais que l'auteur supprima ensuite le plus qu'il put, sans qu'on en sache la raison, dit le P. Niceron (1); des récits de siéges et de batailles (2); des descriptions de fêtes et réjouissances, soit au sujet de l'entrée de divers rois et reines de France dans les principales villes de la Guyenne (3), soit au sujet de divers événements particuliers (4); des pamphlets politiques ou anecdotiques, et, parmi ces derniers, le

(1) On lit dans les *Epistres françoises des personnages illustres et doctes à Joseph Juste de la Scala* (1624, in-8°) ces mots écrits de Bordeaux par P. Sentout le 8 janvier 1608 : « Je vous envoye l'oraison funèbre de feu M. de Bazas, de laquelle je vous avois parlé à Leyden, qui m'a esté assez malaisée à recouvrer, à cause que l'autheur a fait perdre tous les exemplaires qu'il a peu.»

(2) Voir le *Catalogue de la Bibliothèque impériale : Histoire de France*. Dans la catégorie des siéges et des batailles se placeraient des récits tels que celui-ci : *Procès-Verbal du pillage et incendie des églises cathédrale et collégiale Saint-Estienne et Saint-Caprais et autres de la ville d'Agen, notamment des titres et documents des archives de ladite église et chapitre de Saint-Caprais, le 2 décembre* 1561 (sans lieu ni date, in-4°).

(3) Voir le *Manuel du Libraire* au mot *Entrées* et surtout le *Catalogue* déjà cité de la Bibliothèque impériale. De ces entrées on peut rapprocher les relations de voyages de nos rois dans la Guyenne, relations qui, pour Louis XIII seulement, sont au nombre d'une demi-douzaine, imprimées ou manuscrites. En voici une que je crois inédite et qui me paraîtrait bonne à prendre : *Recueil de ce qui s'est passé durant le voyage que le roy a fait en Guyenne* au mois d'aoust 1615, par le hérault d'armes de Normandie. 1 vol. in-4°. Fonds Français, n. 14423.

(4) Par exemple : l'*Expression de la joie publique de la ville d'Agen et les magnificences de la cour présidiale d'Agenois pour la nomination de Mgr le prince de Condé au gouvernement de la province de Guyenne, ensemble le récit du ballet qui fut dansé publiquement dans ladite ville le 1er jour de juin avec les stances et explications des figures et emblêmes*. Agen, 1651, in-4°. Il y a aussi une relation du ballet donné par le duc d'Epernon à la fameuse Manon l'Artigues (Mlle de Maurès), relation imprimée à Agen, in-4°, 1645.

Discours très facétieux et véritable d'un ministre de Cleyrat en Agenois, lequel estant amoureux de la femme d'un notaire fut enfermé dans un coffre et vendu à l'inquant à la place dudit Cleyrat (jouxte la copie imprimée à Tolose, par la veuve Colomiès, 1619, petit in-8° de 15 p.) (1); des dissertations sur divers sujets d'histoire, comme la *Dissertation sur l'élection à l'archevêché de Bordeaux, faite par le chapitre de cette église, en* 1529, *en faveur de Gabriel de Gramont, depuis cardinal, présentée à l'Académie de Bordeaux*, par M. l'abbé Joseph Xaupi (Bordeaux, 1751, in-4°); et des extraits des annales judiciaires, comme le *Procès-Verbal des crimes de lèze-majesté et malversations commises par le baron d'Argilemont, gouverneur des villes et châteaux de Caumont et Fronsac en Guyenne*, etc., *exécuté le* 24 *septembre* 1620 (2); comme *Cruauté d'une jeune damoiselle à l'endroit de son propre père, mariée contre sa volonté à un vieillard qui en devint jaloux, exécutée à Villeneuve-d'Agen en Agenois*, le 12 septembre dernier (Paris, 1624, in-8°), et, enfin, comme *Véritable relation de l'effroyable mort de trois sorciers et magiciens, exécutez dans la ville de Bazas, près Bourdeaux, le* 11 *février* 1627, *et des horribles et espouventables Actions des diables et demons tant en l'air que sur terre, durant icelle exécution*, etc. (Paris, 1627, in-12, de 13 pages).

Dans la longue série de *desiderata* que je viens de dérouler, je n'ai point mentionné la réimpression de la *Reprise de la Floride* parce que cette réimpression est déjà chose commencée. Ici, je cède la parole au journal *La Gironde* du 15 mai 1866 : « La

(1) Ce discours s'est vendu 16 francs à la vente de Ch. Nodier et 30 francs à une autre vente. Il en existe pourtant plusieurs éditions, dit M. J.-C. Brunet, qui cite celle-ci : *L'anti-Joseph, ou bien plaisant et fidèle narré d'un ministre de la religion prétendue, vendu publiquement à Clerac ville d'Agenois, ayant été enfermé dans un coffre par une honeste dame de ladite ville, à laquelle il faisoit l'amour*, suivant la copie imprimée à Agen, 1615, un petit in-8°.

(2) Jean Olivier du Sault, avocat général au parlement de Bordeaux, publia, à l'occasion de la démolition du château de Fronsac, à laquelle il avait été chargé de présider comme commissaire du roi, la *Couronne de fleurs tissue dans le parterre de Thémis et des muses du Parnasse de Guyenne* (1624, petit in-4°). Je recommande ce recueil à la Société des bibliophiles de Guyenne.

première publication de la société sera une édition nouvelle de la *Reprise de la Floride*, par Dominique de Gourgues, édition proposée et préparée par M. Tamizey de Larroque. Tous les précédents éditeurs ont négligé un des manuscrits de ce livre qui se trouvent à la bibliothèque impériale. Or, M. Tamizey de Larroque, après l'avoir étudié, s'est convaincu que ce manuscrit est précisément de beaucoup préférable aux autres et l'a soigneusement copié. C'est d'après cette copie, enrichie de notes historiques et critiques, que la Société des bibliophiles de Guyenne va publier une édition définitive d'un livre qui intéresse l'histoire de France en général et l'histoire de Guyenne en particulier; car tout le monde sait que c'est de Bordeaux que partit, le 2 août 1567, l'expédition héroïque et vengeresse de Dominique de Gourgues. »

Je crois pouvoir ajouter que mes collègues ont, dans la séance du 25 avril, accueilli très favorablement une autre de mes propositions au sujet de la publication des *Vies des poètes bordelais*, par Guillaume Colletet, de l'académie française. Ces poètes, en écartant Pierre de Brach, dont la vie a été donnée d'après le manuscrit du Louvre par M. R. Dezeimeris en tête du tome II des *OEuvres poétiques* du seigneur de La Motte-Montussan, ces poètes, dis-je, sont : Lancelot de Carles, Etienne de la Boétie, Jean du Vigneau et Marc de Mailliet. Comme je l'ai fait pour les *Vies des poètes gascons* (1), j'entourerai le texte de Colletet de notes diverses, et, s'il se peut, j'y joindrai des documents inédits (2). En un mot, je ne négligerai rien pour que cette publication, qui

(1) 1 vol. gr. in-8o. Aubry. Extrait de la *Revue de Gascogne*.

(2) J'ai trouvé une importante lettre inédite de Lancelot de Carles à Catherine de Médicis. Je compte faire suivre la biographie de La Boétie de la copie de son testament, document jadis inséré par M. Jules Delpit dans un journal de Périgueux et qui est trop intéressant pour rester dans la demi-obscurité qui l'environne. Si quelqu'un pouvait me procurer, soit des renseignements nouveaux, soit des documents inédits relatifs aux quatre poètes énumérés plus haut, je le prierais d'avance de vouloir bien compter sur ma plus durable reconnaissance. On ne fait de bonnes choses qu'à la condition d'être beaucoup aidé, et c'est surtout à celui qui cherche seul qu'il faut appliquer le *væ soli!*

suivra de près, je l'espère, celle de la *Reprise de la Floride*, soit aussibien reçue du public lettré qu'elle l'a été, à l'état de projet, de la Société des bibliophiles de Guyenne, à qui Dieu donne longue et glorieuse vie !

DU MÊME AUTEUR:

Preuves que Thomas A Kempis n'a pas composé l'*Imitation de Jésus-Christ*; in-8°, 1862.

Mémoire sur le sac de Béziers dans la guerre des Albigeois et sur le mot: *Tuez-les tous!* attribué au légat du pape Innocent III; in-8°, 1862.

Quelques pages inédites de Blaise de Monluc; in-8°, 1863.

Douze lettres inédites de Jean-Louis Guez de Balzac; in-8°, 1863.

Quelques notes sur Jean Guiton, le maire de la Rochelle; gr. in-8°, 1863.

Notes pour servir à la biographie de Mascaron, évêque d'Agen, écrites par lui-même et publiées pour la première fois; in-8°, 1863.

Observations sur l'histoire d'Eléonore de Guyenne; gr. in-8°, 1864.

Louis de Foix et la Tour de Cordouan; gr. in-8°, 1864.

Lettres inédites de Bertrand d'Echaud, évêque de Bayonne; gr. in-8°, 1864.

De la question de l'emplacement d'Uxellodunum; gr. in-8°, 1865.

Lettres inédites de François de Noailles, évêque de Dax; gr. in-8°, 1865.

Vies des poètes gascons, par Guillaume Colletet, de l'Académie française, gr. in-8°, 1866.

POUR PARAITRE PROCHAINEMENT:

Essai sur la vie et les ouvrages de Florimond de Raymond; in-8°.

Lettres inédites de Guillaume du Vair, avec introduction et notes; gr. in-8°.

Inventaire des meubles du château de Nérac en 1598; in-8°.

Auch, impr. et lith. F. Foix.

www.ingramcontent.com/pod-product-compliance
Ingram Content Group UK Ltd.
Pitfield, Milton Keynes, MK11 3LW, UK
UKHW022141170726
13837UKWH00004B/1708